不为人知的李清照

张晋阁 ◎ 著

远方出版社

品诗词之美 悟人生之意

带你穿越千年，结识一代才女李清照

本/书/特/配

◆ 朗读音频 ◆ 录制花絮 ◆ 编辑点评

诗词品读

名家赏析，寻觅诗词中的婉约与刚强。

生平介绍

独特视角，勾勒绚烂曲折的人生画卷。

读书笔记

摘录精华，分享感悟。

⊞ 微信扫码

添加 智能阅读向导
参与 诗词接龙
加入 书友社群
获取 书单推荐

与李清照来一场诗意的邂逅吧！

前　言

宋词就像精致万分的江南小镇，清风吹拂着温婉，烟雨倾诉着迷蒙。曾有一位女子轻巧地路过这里，留下了几行芬芳的诗意。

她欣然执笔，会牵动春花；她随心抒怀，会感化秋月。这位诗词丽人，为诗词画卷增添了一笔嫣红，使文坛充满了灵动。

她为宋词而来，待到文字盛开，她方离去。她的名字叫作李清照。

婉约是她与岁月不变的承诺，神韵是她与文字缠绵的传说。她的文字仿佛纤细的柳枝，沾满了细雨般的心绪。柳枝起舞，情思淋漓。人们走在她的词路花雨中，细数凄美的雨滴，捡拾心碎的花瓣。

李清照的人生虽不算传奇，但是丰富。她曾经伫立在诗词的巅峰，也曾经徘徊于世事的低谷。她的幸福，在山水，在田园，在年少，清冽可鉴；她的辛酸，在漂泊，在孤单，在苍老，悲天悯人。她经历了爱人离世、国破家亡、谗言中伤、千金散尽、流离失所……重重苦难如同长长的秋水，与她的天空融为一色。

李清照的人生轨迹写满了无常，人们读过她的辛酸之后，就会明白她的文字为何能够成为经典。

　　李清照文笔细腻，情怀笃厚。她是一个热爱生活、善于领悟的女子。虽然她的前半生命运多舛，但苦涩正是蜕变的茧，最终她用一场觉醒超越了自我。李清照从清浅走向深邃，又从深邃回归淡泊。所以，她虽苦若秋叶，却也生如夏花。

　　她是梅花仙子，柔美而高冷；她是琉璃美人，透明而易碎。若是没有李清照，宋词便是不完美的。正因有了她的婉约清丽，才有了宋词的烟雨飞花。她的风华，成就了时光里的诗风词月。她的转变，成就了人生中的柳暗花明。

　　人生起初就是一潭清澈的泉水，虽有一路颠簸，但最终抵达光明之海，这是一种圆满和美丽。让我们乘着夜空的静谧，跟随那些灵魂词文，倾听李清照的凄美传说与不为人知的故事，去体味宋词的柔情与灵意。

扫码获取

音频 | 花絮 | 诗词 | 生平
带你结识一代才女李清照

1

2

人生/
最美是少年

泉水知己

水流，婉约到极致便是泉水。文字，婉约到极致便是诗词。

济南有吉祥三宝。千佛山，山容神秀；大明湖，湖光旖旎；趵突泉，水色澄明。除了湖光山色，济南最为引人注目的当属清泉之水了。泉水云集，风神各异，济南因泉水而成为一处别样的山水胜地。

济南拥有七百座泉水，被世人称为泉都。济南为何与泉水如此有缘呢？此乃独特的地理特点所致。济南北依黄河，南临泰山，地势南高北低。地下水源由南向北顺流而下，遇到岩层阻挡上涌抬升，最终破土而出，化作琳琅满目的甘泉。

泉水有一种不可抗拒的魅力，那就是颇具灵性的清澈。它是照射尘寰的明珠，又是点缀绿叶的雨露。它与世隔绝，不被搅扰。无论世间繁华还是荒凉，岁月青涩还是苍老，泉水无关自我，清冽依旧。有赋赞美清泉之水的独一无二：

晶莹淳清，淡雅剔透；言纤语细，眉清目秀；涤尽夜思，卷走乡愁；融化悲秋，缓和激流；芳华尽览，风月遍游；化浊以清，克刚以柔；清冽之王，温淑之后；梦之序曲，诗之源头；恩泽四海，惠及五洲。尝一口，清神爽心；掬一杯，沁指润手。水澹澹兮，薄缦浮光；水淙淙兮，轻纱舞袖；水潺潺兮，碧波照面；水涓涓兮，微澜映眸。容颜动人兮，琼浆漱玉；音声悦耳兮，灵液转喉。人间甘露兮，妙不可言；天上圣水兮，美不胜收。

高山流水，知音难觅，所以很多人说，人生得一知己足矣。其实，天地万物都有知音。水是山的知音，风是沙的知音，月是日的知音，叶是花的知音，浮萍是涟漪的知音，人杰是地灵的知音。济南泉城，一曰灵秀，二曰儒雅。山清水秀之城，一定会有人杰与之相应。也许只有女子的端庄舒雅，方能配得上泉城的碧水青山。她的容颜无须羞花闭月，但求清澈照人。

泉城的知音是个女子，而对泉水而言，繁华不是知己，荣耀并非佳音。有一种美，叫作泉水的婉约。水流，婉约到极致便是泉水。文字，婉约到极致便是诗词。所以，诗词就是泉水的知音。

诗词是人世间的泉水，泉水是大自然的诗词。在泉水中，有一种诗情。而在诗词里，更有一种泉韵。泉水轻漾着水波，而诗词，就如同这脉脉的泉水，轻漾着几许往事，轻漾着几许欢愁。

泉水中，有柔柔的领悟，有轻轻的相思。诗词里，有淡淡的记忆，有浅浅的微笑。月下一片皓洁，是被朗读的诗；水中几束光影，是被传唱的词。诗词与泉水相约在一起，便是最动人的景致。

在历史的长廊里，有一段时光，布满了风轻云淡和山温水软，与泉水的细腻最为相应。在那里，处处是江山如画，时时有明月清风，那段时光是宋朝。人们沿着泉水的柔美，去重温属于宋朝的诗风词月。那个时代，繁华而又清雅，人与自然离得最近，人与歌声离得最近。每个人，都能在阳光的怀里感受暖暖的诗意，都能在泉水的身边聆听清清的歌声。

岁月走过了千年，经历了红衰翠减，经历了世事多变，而泉水不改清澈的容颜。泉水之所以选择了清澈，是因为看穿了繁华的短暂，而深信淡泊的永恒。当世人用喧嚣去遮掩内心的不安时，泉水初心依旧，她以清澈去安抚心灵，以安然去面对一切。

古时的诗圣词贤，也许沾染了泉水的灵气，才会文采斐然。当他们把泉水赋予的清雅写进诗词中，诗词就会清丽如水，文坛因此精彩纷呈。

清泉，是明净之水。济南明水镇，一定是因清澈的泉水而得名。明水镇独有一泉，名曰"漱玉"。"漱玉"二字，清新雅致，超凡脱俗。这漱玉泉，直径三米，深约半米。泉池形若圆盘，池底水石斑驳。一池清泉，轮廓小巧而情思广博，外表清浅而意境深邃。有赋曰：

清清泉源兮，柔波藏露；脉脉水岸兮，细柳含芳。池底释珠兮，颗颗飞扬；水面载莲兮，朵朵绽放。淙淙玉水兮，洗漱琼瑶；涓涓细流兮，涤浣琳琅。叮叮咚咚兮，环佩清越；淅淅沥沥兮，琴瑟悠扬。秀水安和兮，润泽清丽；玉泉空灵兮，澄净清凉。水色楚楚兮，浮动梦想；波光粼粼兮，闪烁希望。源自清醇兮，沉静无扰；归于浩瀚兮，处变不伤。原生相貌兮，似玉如月；天然容姿兮，同尘和光。

如此泉景，定是孕育着不凡的生命。漱玉泉边，垂杨深处，是幽静的李家庭院。汩汩的泉流，昭示着这个家族将拥有一个婉约的故事。月影伴随泉水的宁静，仿佛正在等待那位不同寻常的女子，等待听她诉说心事与过往，等待为她浣洗秀发和容颜。泉水，诉说着清雅，传唱着春天，娓娓道出一段美好的人文历程。

扫一扫
● 听朗读音频

春的女儿

山中几许催花雨，人间多少过隙春。

她愿意做清风手里安然不惊的宝贝，愿意做阳光怀中纯一无杂的少年。

青山与绿水相加，等于物华天宝。山高随水远，人杰伴地灵。

李格非（约1045—约1105年），字文叔，济南明水人。身居山水的人，必然拥有山水的气质。李格非临泉而居，品性清澈，玉树临风。

早年李格非随其父投身于宰相韩琦（1008—1075年）门下。韩琦为北宋重臣，不仅是位政治家，而且是一位词人。韩琦为人宽厚，内敛沉稳。李格非品学兼优，无人出其右，韩琦对他青睐有加。

李格非就是一颗读书种子。1076年，他通过了由皇帝主持的殿试大关，取得了进士头衔。李格非考中进士不久，引起了宰相王珪（1019—1085年）的注意。王珪为翰林学士，为人清正。当他见到这位聪慧的男子，顿时心生欢喜，遂托人说媒将长女嫁给了他。李格非本就有相府背景，娶得王珪的长女，也算是门当户对。

非凡之人降世的时候，往往天有异象。李清照的出生虽不至于惊天动地，但是当千古第一才女下凡人间时，其降生之地定会有所感应。方圆几里，应有吉兆显现。或花开艳丽，或泉水激增，或鹊跃枝头，或云霞满天。1084年三月（本书中用汉字表示的月份均为农历月份——编者注），春风演奏着绿色的古典乐，万物在温润之中享受着和暖与清爽。农历三月十三，阳历四月二十，李清照应时而生。她出生在人间最美的四月，是春天的女儿。

李清照出生时，李格非已经三十九岁。年近不惑的他将这个女儿视为掌上明珠。"清照"二字，婉丽优雅，清新脱俗，这是李格非亲自为爱女起的名字。李格非是儒士，是诗者，我们断定李清照的名字来自诗词。唐代山水田园诗派对宋代文人影响颇深，山水诗人之中成就最高的当属王维，李格非不可能不熟谙那首《山居秋暝》。

山居秋暝

空山新雨后，

天气晚来秋。

明月松间照，

清泉石上流。

竹喧归浣女，

莲动下渔舟。

随意春芳歇，

王孙自可留。

王维才华横溢，用文字绘制空山新雨和春芳秋泽。"明月松间照，清泉石上流"，此句意境悠长。清泉水和白月光，一个是人间的诗意，一个是上苍的柔肠，将二者叠合在一起，也算是巧夺天工了。不知这句诗是不是李清照名字的来源，但"清照"二字就是白月光与清泉水组成的景象。月光的柔情和泉水的澄清，不正是李清照的雅致吗?

谁也没有想到，十几年之后，"李清照"这个名字能够响彻词坛，能够撼动风月。她用文字镂月裁云、绣叶雕花，宋朝的文学天空开始下起一场细润之雨，吹起一阵清丽之风。这位文华绝代的女子，把宋词带向了更为婉约、更为清爽的天地。

因为生于春天、长于春天，所以注定了李清照对春色的依恋。在春意盎然之中，她的诗情开始萌芽，并渐渐开花。惜春伤春之情在李清照的诗词中随处可见。天地间的春色疏雨和远山薄暮，已将她的才华催发出来。她在《浣溪沙·小院闲窗春已深》里，把春景化为思念。

浣溪沙·小院闲窗春已深

小院闲窗春已深，

重帘未卷影沉沉。

倚楼无语理瑶琴。

远岫出云催薄暮，

细风吹雨弄轻阴。

梨花欲谢恐难禁。

庭院，窗格，探尽春色。帷幔重重，是无法摆脱的幽暗和寂寞。正当人们陶醉在李清照的春色里，忽而一声琴瑟，又增添了她的优雅。此时才女西楼抚琴，弹奏出一个精致的黄昏。清风细雨，琴瑟佳人，这已是最美的春景了。

远山如黛，暮色将沉。清风吹散细雨，弹破阴云。李清照手拂春的衣袖，只想将其挽留，却徒劳无功，最终梨花谢了春红。眼看所有的依依不舍都化作无奈，人们只能用与她同步的心跳去安慰那些多愁善感。

李清照踏春而来，春天的女儿对春天一往情深。有多少春色，就有多少不舍，在她的诗句中接连出现"帝里春晚""髻子伤春""淡荡春光"。对春天最深的留恋，当属她的《点绛唇·寂寞深闺》了。

点绛唇·寂寞深闺

寂寞深闺，

柔肠一寸愁千缕。

惜春春去。

几点催花雨。

倚遍阑干，

只是无情绪。

人何处？

连天芳草，

望断归来路。

山中几许催花雨，人间多少过隙春。春光马不停蹄，花儿随雨飘落。倚栏望天涯，芳草遮断归路。

李清照的诗句，就是一片情深深雨蒙蒙。有人说，李清照有太多小情致、小苦涩，她将自己锁在烟雨迷蒙的小世界里走不出来。曾几何时，或许如是。但那些数不清的小情致、小苦涩，对她来说是春雨，是花红，是一个女子的浪漫情愫。她只是用生命里的有情有义，去体会尘世间的无边无垠。

李清照伫立在她的小院闲窗，听雨观云，拈星捧月。她愿意做清风手里安然不惊的宝贝，愿意做阳光怀中纯一无杂的少年。因为遇见了她的诗词，所以人们遇见了最清新的诗意。

秋千往事

　　黄昏疏雨无瑕，院落秋千阑珊，这精致的一幕，到底是被李清照捕捉到了。如果没有洁净如水、柔软如霜的情致，如何能将这素雅的景色挽留在诗中呢？

　　李清照是金枝玉叶，在人生的花季雨季时节，她拥有令人羡慕的闲时光与慢生活。年幼的她不曾邂逅风雨，不曾经历雪霜，只是披一身锦绣，履一时繁华。她在这种无扰的天地里焚香插花、读书写字，心无旁骛地度过了人生中最青涩的时光。

　　这位闺阁中走出的诗词丽人，言语细腻如水，诗词婉约如花。她给世人带来了一场闺苑诗雨，展示了一个优雅清丽的闺阁世界。那里有秋千荡漾，也有朦胧的忧伤。那些细琐的闺阁往事，在她笔下变成一朵朵优雅的花儿，在岁月中释放美丽。

荡秋千也许是贵族年轻女子最喜欢的游戏和运动了。一副纤柔的秋千架上，缀满了青春。

在李清照的诗词中，秋千虽然安静而又零星，然而让她的诗词花苑又生出一分婉约。《浣溪沙·淡荡春光寒食天》中的那副秋千，是暖暖的问候，是徐徐的清风，曾载过她的花样年华。

浣溪沙·淡荡春光寒食天

淡荡春光寒食天，
玉炉沉水袅残烟。
梦回山枕隐花钿。

海燕未来人斗草，
江梅已过柳生绵。
黄昏疏雨湿秋千。

春光悠闲舒缓，寒食细雨连绵。焚香玉炉中是轻盈的沉水香，醒来时金花头饰落在枕边。燕未归巢，而窗外的人们在斗草作乐。江梅开始凋谢，柳絮开始纷飞。黄昏里，雨水潺潺，淋湿秋千。一个女子静静地伫立在屋檐下，看雨水冷却了绳索上手的余温，淹没了横板上足的印痕。秋千停泊在雨中，而她希望春天停泊在青春和闺阁。然而，春光短暂，她的秋千轻轻荡过一丝忧伤。既然留不住时光，那么姑且留住回忆吧。

黄昏疏雨无瑕，院落秋千阑珊，这精致的一幕，到底是被李清照捕捉到了。如果没有洁净如水、柔软如霜的情致，如何能将这素雅的景色挽留在诗中呢？

青涩的年华，清新的词风。她的《点绛唇·蹴罢秋千》就是一副欢快的秋千，荡漾着少女的时光，荡漾着欢乐的过往。

点绛唇·蹴罢秋千

蹴罢秋千，
起来慵整纤纤手。
露浓花瘦，
薄汗沾衣透。

见客入来，
袜划金钗溜。
和羞走，
倚门回首，
却把青梅嗅。

人荡秋千，酣畅淋漓之后有些困倦，下秋千来轻揉双手。此时，露珠傲花瓣，微汗湿轻衣。欢乐之余，她也不忘记写下纤手和露珠。而她为何要将少女的美态融进诗句中呢？也许是因为她初心不改，毕竟她是个爱美的姑娘；也许是因为情窦初开，毕竟她到了当嫁的年龄。

李清照是大家闺秀，自然多循礼教。客人突然来访，她猝不及防，当会退避。荡秋千是需要脱鞋的，她退避时羞怯慌乱，鞋子来不及穿，金钗滑落于地。然而，她拥有少女的活泼与好奇，跑出几步又停下来倚门回望，装作嗅青梅，实为望来客。

数年过去，她在《怨王孙·帝里春晚》中再次提及秋千。然而此时，秋千滑过，记忆成舟，载入了许多愁。

怨王孙·帝里春晚

帝里春晚，

重门深院。

草绿阶前，

暮天雁断。

楼上远信谁传？

恨绵绵。

多情自是多沾惹，

难拼舍，

又是寒食也。

秋千巷陌人静，

皎月初斜，

浸梨花。

帝都晚春，重门沉沉，庭院深深。碧草布满阶前，天已暮，雁已远。望眼欲穿无书信，此恨绵绵无绝期。因为多愁善感，所以才会招来烦恼幽怨。情与愁，其实是形影不离的。此时又到寒食，春已无多。墙内秋千墙外道，好一个秋千泊孤寂、皎月浸梨花。

少年时的李清照心怀清清浅浅的绿色涉足文坛，她那些委婉的心事从闺阁中探身出来，似水一般清澈，如玉一般清纯，给人们一次清新优雅的目光洗礼。轻舟和阳光，春花和溪水，还有那一副秋千，让她年轻的世界满是清风和绿茵。

有人说，生活到极致，一定是素与简。年少时的李清照，拥有简单的欢乐和简单的悲伤。那时的她，简单无瑕，梦里没有落花。人似秋千，心如皎月。纵然流年似水，李清照一如既往地延续着优雅。

心中有爱的人，即便是邂逅风雨飘摇，也不会长久地低沉下去。所以，当李清照翻阅往事的时候，可以将少年美好的记忆信手拈来安慰自己，可以用秋千上荡漾的青春往事驱走眼前的物是人非。

山水足迹

> 她有时像一朵白莲花，在水中央安静地吐露着优雅；有时又像一只百灵鸟，衔着文字的甜美飞翔在碧空。

人们从《点绛唇·蹴罢秋千》中已经知道，李清照是个性情开朗的女子。天赋卓越的她，不仅仅对文字有极强的敏感度，而且对山水有特殊的情愫。李清照拥有伶俐的性格，静可习文走笔，动可越水翻山。她有时像一朵白莲花，在水中央安静地吐露着优雅；有时又像一只百灵鸟，衔着文字的甜美飞翔在碧空。李清照的活动范围不可能局限于狭小的闺阁之中，外面的世界对这个女子有着更大的吸引力。

万千山水中，镶嵌着万千文人的足迹。但凡文人与山水相遇，就会生发美丽的诗篇。足迹就像一支纤细的笔，描写着一卷青山和一帘绿水，表露着文人对山水的挚爱和虔诚。

李清照的三分心扉，一分给了相思，一分给了花儿，剩下的一分给了山水。她在《如梦令》中所提到的溪亭是指济南的溪亭泉。据记载，古时的溪亭泉北接大明湖，旁依濯缨湖。当年此处水势旺盛，湖水中荷花映日、莲叶连天，是当地的一处胜景。当时人们多在此踏水行舟，观亭赏荷。只是时隔千年，今非昔比，如今这里不见了潺潺湖水，只剩一处清泉。

既然是一处景观，就有足够的人文气息。何况这里叫作溪亭，所以定有一座别致的亭榭。这所亭榭或在岸边，或在湖心。夕阳之下，水面漾影逐波，风光无限。亭榭檐角宛如一叶芭蕉。夕阳驻足在蕉叶上，就像明珠落盘，夕阳停留在亭柱间，仿佛青灯摄心。

一个灵意十足的女子，怎会疏离这样一种景致？李清照的心停留在了那片金色的山水里。在闲暇时，她邀朋携友泛舟游玩。她的灵感轻拍水的微澜，晕开了花一般的诗意。那首《如梦令》，就像一朵含苞待放的藕花。

如梦令

常记溪亭日暮，

沉醉不知归路。

兴尽晚回舟，

误入藕花深处。

争渡，争渡，

惊起一滩鸥鹭。

　　真是词苑一束花淡雅，文坛几道水清新。该词隽秀丽质，仿佛一层淡淡的轻纱，聚敛着夕阳里的烟霞。舟的双桨摇曳欢畅，水的波浪翻腾笑语。每当读到这首词的时候，竟忘记了李清照堪为孤舟的后半生。在她生命里似乎从未有过悲伤的痕迹，只有一艘优雅欢快的小船。

　　李清照的言语清淡却不失意境。日暮湖水，亭榭远山，半面山水如诗画，一叶轻舟若柳芽，年轻的人儿在此享受清风和斜阳。天色已暗，李清照仍旧流连在风景中，一时想不起来时的路。湖水中荷花丛生，水路狭窄而交错。一行人掣桨推波，却误入了荷花丛。于是争渡回桨，摇晃的小舟打散了水波，惊扰了休憩的鸥鹭。

　　诗词若是她的双桨，溪亭泉便是她的一曲清唱，美丽的涟漪成了她年轻的记忆。李清照文字的天真，尽情飞扬起童年的欢乐。美景面前，时光在沉醉与笑声中飞逝。

　　既然是"常记"，那就是回忆，并非当地当时所写。李清照的这首词不一定是她最早的作品，却是至今公认的她的成名之作。这首词格律严谨，平仄分明，字面清浅，人们读来倍觉清新。清新的年华，清新的词文，宋朝文坛因为李清照的到来而变得绿意盎然。她在文学途中显露锋芒，从此一发而不可收。

大明湖畔，令人忘返。今人对大明湖高度评价，一句"四面荷花三面柳，一城山色半城湖"表现出这一方山水的灵气和底蕴。李清照正是济南人，近水楼台的她绝不会冷落了这片山色湖光。李清照喜欢欣赏蜡梅风中开，喜欢感受锦鲤水中游，逐步将风景纳入心灵。

秋色并非一种疏远，冰雪亦有一片善意，李清照愿意在山水中留下足迹与欢歌。《怨王孙》是她再次游溪亭泉时所写，而此时的文笔，比那年的青涩沉稳了许多。

怨王孙

湖上风来波浩渺。

秋已暮、红稀香少。

水光山色与人亲，

说不尽、无穷好。

莲子已成荷叶老。

清露洗、蘋花汀草。

眠沙鸥鹭不回头，

似也恨、人归早。

稍做推敲就会发现，这首词是《如梦令·常记溪亭日暮》的姊妹篇，看得出她对这片湖光山色是多么用心。湖水、荷叶、鸥鹭，眼前风光依然，而人已非昨。当李清照信步归来再次泛舟时，已经不再是那个无忧无虑、无牵无挂的女孩子。伴随着成长，她已经懂得了伤春悲秋，已经懂得用情感与风景交流。所以此时她对风景的描写比以往更为细腻、更为深沉。

　　最深刻的记忆，不是曾经到过的彼岸或山脊，而是在行程之中的呼吸与足迹。当接近春光秋色时，当偎依水软山温时，一定体会得到落叶里的情愫和清水中的真理。山水轻易就可以将人间的悲喜视若黄花，让它随风卷入天涯。李清照愿意流转在山水和书香之中，用足迹凝聚生命，在山水中找寻心语。不管走过多远，当她清瘦的身影归于山水之时，她永远都是少年。

容颜似水

　　做一个被世人遗忘的女子实在是太容易了，不必拥有蕙质，更不必拥有豪情，只需平淡地过好每一天。而要想不被洪荒岁月所淹没，除了有一颗不甘平庸的心，也要超越容颜而存在。

　　李清照的文字好像被天上的愁海灌溉过，而后化作一场伤心雨，淋透了人们内心的苍茫与柔弱。虽然她的文字带来的悲伤多于喜悦，但人们依然会情不自禁地徜徉在李清照的凄美词意之中，去结合她的伤感，细品她的茶香。而人们常会想象，一代婉约宗主会拥有怎样的容颜呢？

　　都说红颜薄命，似乎只有红颜才可以承担命运带来的伤痛。李清照的人生历尽沧桑，而她的文字又是那么柔美。透过她婉约的文字，总会隐隐感觉这位女子宛如芙蓉出水，容颜惊为天人。人们常会想象她的样子：

目似静水，沐浴春泽；眉似轻舟，迎候秋月。面如皓玉，轻轻传递温润；唇若晚霞，微微泛起光辉。一山一水皆肃穆在顷刻的沉思，一花一草皆沉醉于弥久的嫣然。莞尔时分宛若山中轻唱，凝眸一刻犹如花间低喃。回眸一霎碧草镶露，舒袖之间细柳含烟。举步时万水注目，望眼时千山凝神，凝眉时众芳惊艳，翘首时群星慕容。流水停歇，时光凝绝，倾慕似水容颜；飞云安住，岁月无痕，叹咏如花风采。

然而，尘世对待红颜是苛刻的，那些容颜绝代的女子几乎无一例外地被放逐在逸闻野史中，她们的宿命充满了浪漫与迷情。如果李清照真是这么一位绝色佳人，那么岁月一定会为人们留下更为丰满的传奇故事。但是时光偏偏只记住了她的才华，在文字的沧海里，描写她容貌的竟是只言片语。一代才女的容颜在千年岁月里悄然如风，如雾般朦胧。

李清照被称为"三瘦词人"，是因为她写下了"知否，知否？应是绿肥红瘦""莫道不销魂，帘卷西风，人比黄花瘦""新来瘦，非干病酒，不是悲秋"。正是因为一个"瘦"字，所以她的文字看起来是那么纤细。

都说"心宽体胖"，对于那种生活自由自在、内心无忧无虑之人，想必不会很苗条。抛开她文字的清秀，李清照本人应是位窈窕女子。这位女子太容易感伤，她能随一朵花而凋零，能随一片叶而飘落。她能为花朵镶上露珠，能为细雨笼上烟云。如同花蕊细叶般细腻的人，不太可能有一副臃肿之态。而李清照曾几度深陷爱别离而茶饭不思，所以饱尝相思苦的人，就是那个瘦若黄花的人。

纵然李清照没有千秋绝色，但她也绝不会是容颜平庸的女子。她爱雪中的梅，爱天空的月；她爱诗风词月，爱云水禅心。她可以云鬓斜簪，堪比花颜。那些不施粉黛的花朵在她容颜的照耀下也会黯然失色。

在后人编著的《漱玉词》中有一幅李清照的肖像画，据说这是她的夫君赵明诚请人于青州归来堂为李清照画的。画像题为《易安居士三十一岁之照》，上有赵明诚亲笔题词"清丽其词，端庄其品，归去来兮，真堪偕隐"。在画中，李清照仪态端雅，亭亭而立，神情自若，目视前方，其貌不俗。

眉像弯月，眼如银杏，睫似羽扇，口若樱颗。山髻云鬟，细面瘦颊，天庭饱满，下颔丰隆。鼻峰高挺，人中深细。腕裹细镯，耳饰玉坠。左手斜垂，右手持花。静若清云，洁如晓露，丰神绰约，风采如虹。身姿若清风明月，尽显秋韵，目光如碧波斜阳，绽放流光。指如柔荑，挽一缕清雅，心若溪泉，掬一池宁谧。笔锋赞叹花容月貌，水墨尽显卷气书香。

此画倒是应了人们的推断，李清照是位纤瘦佳人。她是游遍山水心渐远的儒雅仙子，是饱览诗书情更幽的灵秀女郎。而她柔软的目光，蕴含了三千才华。这如莲似水般的女子该是漫步天河，怎会落入这尘世之中呢？是什么让她毅然抛弃了天界往事，而选择下凡来做了诗词皇后？容颜的美丽或是心灵的高远，都不是无缘无故的。人因为善良而美丽，心因为沉静而高远。她手中的花朵，似菊亦似兰，正是她的蕙质兰心。

虽然也有人质疑这幅画的真实性，但是我们宁可相信画中人就是李清照。她就是那朵傲骨的梅花，也是那棵高洁的兰草。

做一个被世人遗忘的女子实在是太容易了，不必拥有蕙质，更不必拥有豪情，只需平淡地过好每一天。而要想不被洪荒岁月所淹没，除了有一颗不甘平庸的心，也要超越容颜而存在。在李清照看来，做盛世红颜不如做文海词仙。用温情打动岁月，用才华超越容颜，是她一生的追求。纵使她娇美如虹，她的容颜也必定会被诗词的光华所取代。所以，人们与李清照在诗词里相逢，是一种最美的遇见。

李清照的明眸善目，如同夜里绵延的灯烛，把暖和光倾洒在人们的心里。她是那样安然似水，既不随波逐流，也不孤苦伶仃。她的诗句推开秋的门，打开春的窗，人们看到了她的沉静、她的辛酸，还有欢愉或是悲伤的故事。月光如洗，清风拂动成诗，轻唱这如花落日，叹咏这似水流年，愿她容颜不改。

　　　　道不完的是笑语泪痕，
　　　　诉不尽的是情浓悲深。
　　　　多少往事只是独步黄昏，
　　　　最终匆匆如夕阳沉沦。
　　　　雨中花谢只是安忍，
　　　　风中叶落亦是归根，
　　　　切莫牵连愁闷。
　　　　人生即火焰，
　　　　只有赴汤蹈火才炼得金身，
　　　　只有千凿万磨才扭转乾坤。
　　　　人非圣贤，
　　　　曾是真假难分。
　　　　只待将功折过，
　　　　换得一个美梦成真。

扫一扫
● 听朗读音频

书影案香

窗外月光如洗，风儿轻巧无痕，书香轻轻飘进心的轩窗，洒下一片烟花雨蕊，托起一片水景云梦。

每个热爱文字的人，都喜欢用书香的水沏一杯心灵的茶，饮下一帘时光，慢慢体会文字的俊秀与神奇。那些美好的文字是非常玄妙的，能够让时间静止，能够指引心灵抵达熟悉的海角与陌生的天涯。文字的点点阳光漫过心灵，空虚会像薄雾一般散去。

精神世界若是一件工艺品，李清照就是精益求精的匠人。她不想心无所恃，不想让心灵的世界寸草不生。少年时的李清照尽情享受着书香的盛宴，有了文字的滋养，她的生命开始有了阳光雨露，纵有忧伤，但从未枯萎。

李清照与书本如此有缘，这与父亲的言传身教密不可分。李格非是一位经学家，丘壑辽远，纵横古今。他坐拥书城，偎依三更灯火，为自己的人生赢得了辉煌。李格非用书香搭了一座桥，李清照在桥上静看流水与落花。

竹与梅、松并称"岁寒三友"，与梅、兰、菊并称"花中四君子"，苏轼亦说过"宁可食无肉，不可居无竹"。竹子，坚韧挺拔，气节高尚。李清照的父亲李格非对竹子情有独钟。他的师弟晁补之在《有竹堂记》中有记载，李格非在府邸种下许多竹子以明其志，并将府邸命名为"有竹堂"。他的书房旁侧绿竹成排，在茂林修竹的掩映之下，景致应不亚于唐代诗人常建笔下的"曲径通幽处，禅房花木深"。

书香萦绕，陶冶了两代人。父亲的书房就是李清照才华的起源地，她沐浴着书香渐渐成长起来，出落成一位优雅万分的女子。

一个人习惯了书影案香，无论在哪里，都会倾力打造一室清雅。在成年之后，才女李清照定然拥有一间属于自己的书房，这间书房也会有一个雅致的名字。雅室中，有碧云茶，有瑞脑香，有感动一切的宁静和韵味。

身披素净，手拂清凉，唤醒诗意，掸落忧伤。一壶茶韵，几盏烛光，一部拓本，几缕篆香。笔墨纸砚，烘托宁谧，书卷字画，展露芬芳。诗词文赋，歌风颂月，梅兰竹菊，傲雪凌霜。天高路遥，初心未染，水长山远，真情无恙。书香圣域，诗韵仙坊。明月净地，清风画廊。

夜色注视着轻舞的烛光，李清照在书房安静地阅读。窗外月光如洗，风儿轻巧无痕，书香轻轻飘进心的轩窗，洒下一片烟花雨蕊，托起一片水景云梦。

上苍是比较青睐李清照的，所以让她降生于书香门第，耳濡琴瑟、目染诗词。她为读书而生，为写作而来，其才华在女子之中无人能及，许多男子也对她甘拜下风。守住寂寞方能腹有诗书。能拥有这种卓越的气质，说明她曾经是一个不怕孤单的女子，更是一个喜欢读书的佳人。除了秀丽的山水与闺园的秋千，陪伴她最多的想必就是那间幽静的书房了。

李清照喜欢亲近案上的笔墨纸砚，喜欢体味书中的离合悲欢，她义无反顾地徜徉在书香世界。她在书香中博闻强识，将所有美丽章节一点点渗透进生命。

书影案香若是美丽的花瓣，感悟就是花瓣上晶莹的露珠。李清照相信每颗露珠都有沧桑，每片花瓣都有往事，无论是花还是露，都被她视为珍宝。所以，她能够把花瓣装进记忆，把露珠写进年华。

李清照踏着书香的石阶，顺着时光的水流，用文字的清雅启动了曼妙的文学历程。李清照在诗词纵横的阡陌上徘徊与思量，以文字为针，以时光做线，绣着她的秋水春泽和冬雪夏花。她常常会把见闻和感触倾泻于笔尖，从中甄选最美的一句。经过书香的沐浴，她笔下的诗词宛如一朵朵出水芙蓉。

一个安静似水、笔墨成诗的女子，原来是那么美好。

第二篇

雨落空阶湿红尘

雨落 / 空阶湿红尘

梦定情开

爱是潮水，心是水石。当潮水漫过，水石斑斓无尘。

都说前世若不相欠，今生便不相见。凡事皆有因果，红尘之中的任何相遇都不是无缘无故的。今世一次擦肩，基于前世五百次回眸。而前世五百次擦肩，才换来今世一次相遇。红尘滚滚，谁在反复追寻金风玉露情，谁又在痴痴等待才子佳人梦？到底谁是今生的梦中人？蓦然回首，那人正在灯火阑珊处停留。

李清照下笔如有神，才情动万物。当她莞然，风吹花香，水泛涟漪；当她悲恸，雨有叹息，云会哭泣。李清照委婉得像一首诗，她渴望找到最美的韵脚。而那个韵脚，是情感的矢志不渝。

宋朝的女孩子到了十四岁便可以谈婚论嫁，一般在二十岁之前完婚。李清照是在1101年完婚的，当年她十七周岁，虽然正值芳华，却也不算年幼。

　　北宋是中华历史上的一朵清雅之花，那是个相对开放的朝代。女子在社会中的地位并不算低，她们可以接受教育，也可以寄情山水。她们从不掩饰对美好的向往，也从不掩饰对爱情的渴望。

　　李清照虽无倾国之貌，但有倾城之才，她在婚前已是名噪一方。这么一位举世罕见的词女，曾一度受到追捧，所以李府不乏提亲者。李清照也相过亲，但她性情孤傲，无论男子家境多么优越，若是胸无点墨，就很难得到她的青睐。只有那种文质彬彬、志向高雅的男子，才是她的意中人。

　　赵明诚（1081—1129年），字德甫，山东诸城人。他是当朝重臣赵挺之（1040—1107年）的三公子。赵明诚家境优越，求学于宋代最高学府太学。赵明诚深受家庭环境的影响，自幼就对金石碑文表现出极大的兴趣。长期以来，他醉心研究钟鼎碑碣、古玩字画，立志要做一名金石学者。金石文字是历代名家留下的墨宝，金石学也是一门书法艺术。赵明诚擅长考古，也写得一手好字。他风度翩翩，学有所长，偏爱琴棋书画。

　　总之，缘分是躲不掉的。据说两个人在京城相国寺的元宵灯会上相识，自从与李清照相识，赵明诚就记住了她明媚的笑脸和清澈的眼波。她是李清照，是当今赫赫有名的才女。她胸怀诗意，清秀脱俗，举手投足之间透着一股诗韵。

李清照的气质深深打动了赵明诚。"窈窕淑女，君子好逑"，翩翩少年郎非常倾慕这位诗词丽人。天意太过委婉，两个人因一梦而定今生。《琅嬛记》中有记载，赵明诚梦中遇见一道字谜："言与司合，安上已脱，芝芙草拔。"

赵明诚年少懵懂，不得其解，于是向父亲赵挺之求教。赵挺之绝顶聪明，不一会儿就解出了字谜。"言与司合"乃"词"，"安上已脱"乃"女"，"芝芙草拔"乃"之夫"，谜底为"词女之夫"。

爱是潮水，心是水石。当潮水漫过，水石斑斓无尘。李清照是一位率真的女子，当爱的潮水向她袭来时，她丝毫不去遮掩，只让甜蜜恣意流溢在笔尖。花前月下是爱的相约，李清照只愿动用一番诗意。一首《浣溪沙·闺情》道出了热恋中女子的喜悦。

浣溪沙·闺情

绣面芙蓉一笑开，
斜飞宝鸭衬香腮，
眼波才动被人猜。

一面风情深有韵，

半笺娇恨寄幽怀，

月移花影约重来。

　　花月夜，有情人，组成了脉脉红尘。香腮凝脂，眼波传情，月下花前佳人有约。一面风情引明月，半笺娇恨寄春花。此刻文无绚丽，只有情深。李清照是一位性情中人，她缠绵的心语在爱的阳光里随意奔流。

　　早期李清照深受花间词派的影响，这首词具有浓郁的柔靡风格。人在热恋中甘之如饴，如胶似漆，而李清照性情率真，当面对爱情的时候，她不会那么矜持。当上苍送予她甜蜜时，她定会报之以诗。

葛天之乐

纵使岁月围绕，她依然安静优雅、清纯如初。

月下老人把缘分的红绳抛向人间，为幸福牵线。即便是天各一方，在某一个时间，某一个地点，有缘的人也一定会抓住红绳的两端，在缘分的牵引下相逢。李清照和赵明诚在两情相悦的路上，从相识走到相知，从相知走到相许。1101年，二人喜结秦晋之好。

蜜月新婚是一朵娇艳的花，与爱人相处的每一天，是人生最俏丽的花瓣。新婚之初，他们二人常常逛于闹市。闹市常有走街串巷的卖花人，花香沾惹了李清照的灵感。《减字木兰花》中那枝美丽的春花，分明是她最美的容颜。

减字木兰花

卖花担上，
买得一枝春欲放。
泪染轻匀，
犹带彤霞晓露痕。

怕郎猜道，
奴面不如花面好。
云鬓斜簪，
徒要教郎比并看。

　　卖花担上，春色袭人。李清照素喜春花，买来一枝含苞待放。"泪染轻匀，彤霞晓露"，这是李清照对花的赞美。轻妆淡抹，好似彤霞，红而不艳。花瓣沾露染霞，清晨的气息久久不散。她将这朵花嵌在云鬓之中，在郎前争容。李清照是很有个性的女子，天生多一分好胜之心。论才情要做上等之人，论容貌堪比一流之花，她想成为心上人眼中完美的女子。

　　都说高山流水知音难觅，如今知音宛在身旁。比起那些被爱伤得体无完肤的人，李清照真是太幸运了。那么多有情人有缘无分，而李清照和赵明诚的爱情没有成为过眼烟云。

他们今生长相厮守，从日出谈笑到日落，从庭院漫步到山水。在正确的时间，正确的人彼此遇见，这当属红尘最好的馈赠。

赵明诚是金石学者，李清照是诗词丽人。一个是金风，一个是玉露，一个是翠竹，一个是幽兰。他们二人身世相仿，兴趣相投。这场优雅的相遇，似烟雨般润物，似清风般怡情。二人在游山玩水之余博学好古，共同收集把玩金石文字。夫妇和顺，举案齐眉，让世人羡慕不已。

相国寺是北宋时期的皇家寺院，寺院濒临汴河，门前是京师的码头集市。一到庙会或是节日，这里人流如潮。人们游玩购物，尽享繁华。李清照和赵明诚经常到这里的古玩市场淘金，看到中意的金石碑文就会买下。

薄弱的家底是撑不起高雅兴趣的，赵、李两家门风节俭，并无太多积蓄。虽然家底不丰，但在上流阶层家中不缺上等衣物。每逢拮据之时，二人以衣做抵，换钱易市。他们一起品水果、赏碑文，在谈笑风生中，幸福缓缓流淌。

相传葛天氏为中华远古部落，当地盛产一种叫作"葛"的植物。葛是部落的图腾，人们以葛为食为药，为衣为宅。不可思议的是，该部落的人民在劳作中发明了歌舞，被后人尊为"乐神"。

本以为宋人的生活已经足够美好了，而葛天部落丰衣足食、歌舞尽欢，他们的幸福指数竟超越宋人一等。

李清照出身豪门，衣食无忧，虽然她心高气傲，但她并不是个身在福中不知福的女子。李清照对物质的要求并不高，对她来说，行云流墨胜过那些锦衣玉帛，得到万贯家财不如得到一句妙语。

同样，在爱的世界里，李清照追求的也并不多。她不奢望爱情惊天动地，只求如梦如歌。她向往的爱情，是香茶而非烈酒，是陪伴而非甜言。她是一个嫁给爱情的女子，能与心上人一起赏花望月、读书习文，已是天伦美满了。

李清照有一颗感恩的心，她以"葛天氏之民"自居。作为封建社会的贵族女子，她的知足常乐是很可贵的。纵使岁月围绕，她依然安静优雅、清纯如初。而赵明诚娶了这位词后，也是心意满足。赵明诚将李清照视为明月，他如星辰，痴心守护在她身边。

他们的缘分，是红尘阡陌里的一根发簪，又是迷蒙烟雨中的一把油纸伞，让容颜和烟雨显得更加委婉动人。二人共同执起姻缘的笔，写着星月交辉的诗，绘着花好月圆的画，世人将之传唱，岁月将之装裱。

在人生初期，李清照朝气四射，阳光爆棚。她的灵感可以随时抽芽，她的诗篇美如画。爱情和书香，浸透了时光。这是她的葛天之乐，是清冽而又香醇的幸福。

一种相思

秋风只身歌舞，烟波独自飞扬。此刻荷花香消，竹席渐凉。一叶轻舟、几片落叶，刻画着漂泊和孤单的模样。

在无垠的红尘里，有花的柔美，也有夜的憔悴。人来人往，就如花开花谢。不知花儿能不能看透这番轮回，能不能在秋季来临的时刻选择沉默地枯萎。

李清照情到深处，桥落花红，水生烟波。可纵观李清照的文字，我们发现她的婉约之词虽然不失粉饰，却抵挡不住由内向外散发出来的清冷。李清照的诗风已然变得忧郁起来，连成一片海。她的《蝶恋花·暖雨晴风》虽写得很美，但有几分凄凉。

蝶恋花·暖雨晴风

暖雨晴风初破冻。

柳眼梅腮,

已觉春心动。

酒意诗情谁与共?

泪融残粉花钿重。

乍试夹衫金缕缝。

山枕斜欹,

枕损钗头凤。

独抱浓愁无好梦,

夜阑犹剪灯花弄。

　　暖雨晴风,揉碎寒冬。放眼望去,柳似眼,梅若腮,
分明是春天的心动。今有酒意诗情,却无人分享。泪珠融了
脂粉,头上的花钿如心情一般沉重。微茫春寒,初试夹衫,
斜倚山枕,枕损钗凤。浓愁不散人无眠,在夜色中,烛光萧
瑟,灯芯如花。灯花可以剪落,然而相思却无法化解。

　　春初谁落泪,夜半人倚愁。这可不是人们曾经了解的那
个李清照。她曾是那么活泼、那么开朗,能把欢乐寄在花瓣
上,洒在春风中。那个荡秋千、游山水、赏春花的女子,怎
么会与这悲山愁海相聚在了一起?

原来，在婚后第二年，赵明诚被委任为朝廷命官。其父赵挺之在当时位极人臣，颇有威望，而赵明诚又有在太学求学的经历。赵明诚背景深厚，学有所长，专职从事正经补史并非难事。有官方支持，还有李清照这位贤内助，赵明诚的志向更为远大了，发愿要纳尽天下古文奇字。

　　然而考古是一项耗时耗力的工作，不管是佳节还是平素，赵明诚经常负笈远游。这是新婚宴尔的李清照不得不面对的实际问题。但李清照情感细腻，每次小别离都会让她相思如雨。李清照曾经惜春伤春，每当赵明诚离开的时候，她就成了春色里一朵孤独的花。

　　多少个月夜，李清照怀念与夫君相伴的时刻。细雨漂泊，歌舞零落，一幕幕往事在恍惚间掠过。在飞旋的风中已分不清是树的叹息，还是花的寄语。那每一片叶和每一朵花，成了李清照的点点愁、片片伤。

　　动听的歌往往出现在深深的相思之后，一代词女，在相思中把词文酝酿成功了。当《一剪梅》横空出世后，便惊艳了大江南北。这首词留在多少人的唇边，泊在多少人的心头，与人们互诉衷肠。

一剪梅

红藕香残玉簟秋。

轻解罗裳，

独上兰舟。

云中谁寄锦书来，

雁字回时，

月满西楼。

花自飘零水自流。

一种相思，

两处闲愁。

此情无计可消除，

才下眉头，

却上心头。

　　秋风只身歌舞，烟波独自飞扬。此刻荷花香消，竹席渐凉。一叶轻舟、几片落叶，刻画着漂泊和孤单的模样。伊人泛舟，摆渡悠悠往事，只叹春难长留又见秋。待到雁归月满，仍将锦书痴痴等候。相思如脉脉的歌，闲愁如潺潺的河，眉头或是心头，皆无法闪躲。在时间的河流中，有多少扁舟擦肩而过，又有多少浮萍随波逐流。是花就会飘零，是水就会流逝。流水起伏，落花兴衰，一种相思，低沉地徘徊。前尘后世，无间轮回，到底是谁欠了谁，而又有谁能在月光里独自完美？

　　这些唯美的文字，既像布满轻烟的山谷，又像撒满落叶的小路。人们徘徊在文字的斑驳之中，任凭岁月漫漶那些相思与寂寞。李清照的文字虽然清淡，但也雅致，就如同清澈的溪水，涤荡着人们的心扉。所以，人们愿意渗透进她的诗词，去体恤她的悲伤、怜悯她的惆怅。《一剪梅》有云中锦书，有月满西楼，有流水和落花，有相思和闲愁。这是李清照当之无愧的代表作，也是一首在当时颇为流行的歌谣。

有趣的是，一句"轻解罗裳，独上兰舟"，其句意至今仍然存在分歧，目前有两种解释。

一种解释为宽衣休息，此处"兰舟"为床榻的雅称，如此解释倒是符合了宋人的优雅。

另一种解释就乘舟了。若是取此义，就会产生新的疑问。"轻解罗裳"的"解"字应为何解？有人解释为脱衣，但这种解释似乎不妥。李清照为宋代贵妇，行住坐卧均有侍从，她不会独自一人乘舟摇桨。再说适逢晚夏初秋，天气并未凉透，此时竹席还没有撤掉，李清照不可能身穿很多衣服。她本已是轻装，又何必再解甲呢？宋朝女子的服饰一般不露足，而且流行瘦长，迈大步或是攀登多有不便。衣为上装，裳为下装，这里的"轻解罗裳"是指女子双手轻提下装两侧，使衣服宽松从而方便上舟。

很巧合，两种解释均与前一句"红藕香残玉簟秋"逻辑相符。红藕是荷花，玉簟指竹席。"兰舟"若指轻舟，句意为行船赏荷；"兰舟"若指床榻，句意为独枕而卧。前后两种释义均能表达李清照内心的空落。在词意上寻根问源，孤单的李清照倾向于选择轻舟为伴。孤独让她窒息，她渴望在秋色中自由呼吸，将愁闷全都置换掉。

不管"兰舟"是不是指床榻，不变的是她的优雅，还有那颗易碎的玻璃心。而一首首伤春悲秋的诗词正是李清照的小舟，轻巧而又无欲。这些脉脉的文字，不知能否将忧伤抚平，能否将尘缘了结。

曾经有人羡慕李清照能够与爱相守，能够来去自由。可是，有才华的人一向是孤独的。而李清照深居闺阁，逐步沦为了相思痛的俘房，所以她更显寂寞。然而，聪明的她总能稀释闲愁，以词解忧成了一种生活方式。

李清照的离别词，文字如同薄雾浓云，卷起多重愁思，透着无限凉意。心上人负笈远游，留她一人独守。心上人远在天涯，而李清照瘦若黄花。她纷飞的思念，洒在庭院，落在枕边，填满她的闺阁。

李清照的诗句里，"瘦"字多见，那是一种别样的瘦，是一种伶仃。爱，让她变得更婉约，也让她变得更惆怅。李清照始终弄不清，这良辰美景为何如此短暂。赵明诚为了寻尽天下文物而走南闯北，那是他的志向，李清照可以爱屋及乌。但因为这个志向，这对伉俪聚少离多。李清照不愿让他分心，哪怕是等他等得花儿谢了春红，也要把这份愁苦深深埋在相思之中。

公媳之隙

一位才华横溢的女子执意炫耀才华，她到底是自信还是自卑？

李清照婚后的第二年便被逐出京师了，这让人匪夷所思。李、赵二人被视为天作之合，已传为一段佳话。这花好月圆的日子才刚刚开始，怎会戛然而止了呢？

在古代，对于儿女的婚姻，父辈是能够做主的。赵明诚择偶之初，不可能不听从父亲赵挺之的建议。其实，赵挺之未曾想过与李家联姻。

北宋当朝动荡多变，王安石1069年提出变法，朝廷分化为革新派与保守派。赵挺之是革新派，苏轼是保守派。李清照之父李格非乃苏轼门徒，自然推崇苏子的政治主张。赵、李两家政见不合，做赵府的儿媳，李清照并非首选。

1100年，宋徽宗赵佶即位。他在执政初期志向高远，雄心勃勃。他希望国家停止内耗，所以意在调和两派的对立局面。1101年，徽宗改国号为建中，意在撮合两党趋于中道。慑于皇权威仪，两派之中自然会有人审时度势。赵挺之与李格非虽然政治主张不同，但是两个人算是同乡，也没有个人恩怨，最关键的是两个人并非党派核心。在汴京，赵家是名门望族，声望早已盖过李家。赵府看重李清照的才情，对她欣赏有加。儿女之间又是两情相悦，所以赵挺之顺势而为，很快安排媒人向李家提亲。

李清照出身高贵并且颇具才情，她的文字表面上满是自信。但是，自信的背后究竟是什么样子呢？她的确写了很多脍炙人口的诗词，但也写了不少尊己卑人的文字。有人说，人缺少什么才会炫耀什么。一位才华横溢的女子执意炫耀才华，她到底是自信还是自卑？

早年的李清照未经沉淀，阅历无多，已习惯了衣食无忧、阳光灿烂的日子。纵观历史，擅长诗文的女子凤毛麟角，而称霸文坛的女子更是前无古人。李清照在文坛舒袖，成为惊鸿一瞥，正处芳华的她怎能没有鸿鹄之志？当赞誉接踵而来时，李清照没有受宠若惊，反而更坚定了在文坛建功立业的志向。虽然宋朝相对开明，但是女子的地位仍旧不及男子。对梦想的苛求与对现实的不满，造成了她心里的不太自信。年少轻狂往往急功近利，她总想在文字上高人一等，所以她在诗句中缕缕显露锋芒。

李清照乃京城第一才女，将她娶为儿媳，对于赵府是一件风光之事。但李清照字里行间流露出的高傲，让赵挺之颇有微词。一个恃才放旷的人是很难驾驭的，家风严谨的赵挺之不会对李清照放任自流。

但这不至于让赵挺之轻视李清照，真正让赵挺之感到无望的，是李清照过门一年多来未怀有子女。这无孕的责任不一定在女方，但以世俗的眼光来看，女子难辞其咎，时时有人对赵府说三道四。女子高才，门第无后，这令身居高位的赵挺之颇感不吉。

政风不宁，形势多变。宋徽宗于1102年变国号为崇宁，开始对保守派进行打压，很多人被罢官贬爵。赵挺之为人世故，善于钻营，此时他义无反顾地站在了革新派一边。保守派被贬为"元祐党人"，李格非在其列。朝廷有令，不得与党人子女联姻。不知赵挺之是否有过休掉李清照的心思，至少他借势排挤李清照。就在朝廷倾向革新派时，他刻意打压保守派，也剑指李格非。然而表面看来，赵挺之却是大义灭亲。他的老谋深算，让自己在仕途一时得利。就在这一年，他平步青云，官至宰相。

就这样，李清照成了政治斗争的牺牲品。她被遣回原籍，饱受新婚离别之苦。而赵明诚对父亲几乎是言听计从，就算李清照受到牵连，他也只能将之视为权宜之计。毕竟，一个文弱书生面对政治风雨时是有心无力的。

作为保守派的李格非因政治迫害抑郁不已。此时的李清照看在眼中，痛在心里。为解困局，她上书赵挺之，求他手下留情。李清照写给赵挺之的辞章文采斐然，言辞至诚。其中一句"何况人间父子情"，表现了她对父亲深深的情义。但赵挺之意在驱逐李清照，所以她再三请求均未奏效。

聪明的李清照怎会看不出赵挺之的心思，她对赵挺之的势利和无情失望到了极点。李清照本就性格直爽，更不愿意逆来顺受，只想一吐为快。后来她又写下一首诗，对赵挺之进行讥讽。一句"炙手可热心可寒"，意在指责赵挺之只看重权势而不念亲情。

俗话说"家丑不可外扬"，赵挺之不会让这种诗句流于世间。"何况人间父子情""炙手可热心可寒"等只言片语，想必也是散落在民间才得以保存下来的，但诗的全貌已经无从考证了。

李清照言辞过激的文字并不少见，她曾写下一篇《词论》。这是中国女性第一篇文学评论，通篇具有一定的文学价值，但她认为柳永之词俗不可耐，张先之词支离破碎，晏几道缺乏铺陈，贺铸短于典故，秦少游太过婉约，又认为王安石、曾巩等人不会作词，就连欧阳修、晏殊、苏轼等人，也没有逃过她的批判。

李清照过于率性，并非有意贬损谁，但是说者无意，听者有心，这成为一些好事者兴风作浪的理由。

能写出这些蒙昧文字的，并非淡泊名利、谨慎沉稳之人，这更像是李清照年轻时的作品。只是写作的时间已无从考证，不知是在赵挺之生前还是生后。若是生后还好，否则赵挺之生前看到此文，很可能会再起一番风波。

扫一扫
● 听朗读音频

青州十年

　　隔绝喧嚣三千里，只愿山中做闲人。

　　那里有拂过山谷的溪水，有吻着青峰的斜阳，还有飞鸟成双。

　　北宋政坛时晴时雨，纷争不断，无论是谁，起伏都在片刻。虽然赵挺之一时得势，但最终还是在政治对垒中败下阵来。1107年，赵挺之因病逝世。而政治风波未平，赵府之人皆受牵连。就在这一年，赵明诚也被罢官免职。

　　在宋朝，青州是齐鲁大地的交通要道，经济文化较为发达。赵明诚的祖籍是密州，距离青州很近，其亲友大都在青州为官。赵挺之早年在青州建了一处私宅，所以这里成了赵明诚遭受贬谪之后的安身之所。

二十三岁的李清照正值妙龄，却历经沉浮。那些冰冷的风雨落在她柔弱的肩膀上，显得过于沉重了。她想做一朵美丽的梅花，绽放在宋朝的明媚之中。然而政坛风波一浪接着一浪，淹没了她的繁华之梦。

隔绝喧嚣三千里，只愿山中做闲人。陶渊明"采菊东篱下，悠然见南山"的惬意，王维"行到水穷处，坐看云起时"的逍遥，孟浩然"野旷天低树，江清月近人"的清绝，此刻锁定了李清照心的方向。她愿意舍弃繁华，择一处风轻云淡，去守候波澜不惊的岁月。曾经她只是陶醉在诗人们的诗句里，而如今，她真的要返璞归真了。

青州故里，景色宜人。那里有拂过山谷的溪水，有吻着青峰的斜阳，还有飞鸟成双。二人远离纷争，走进了山水和田野。他们此刻就是比翼鸟，不弃不离，紧紧相依。梅花烟雨，山野书房，都是他们的快乐。李清照认为这里就是可以安放一生一世的净土。

陶渊明的《归去来兮辞》一直是李清照甚是钟爱的文章。里面的诗句是她灵感的源头活水，她把宅邸定名为"归来堂"，自谓"易安居士"。而"易安"二字，亦取自《归去来兮辞》中的"审容膝之易安"。天地之大却不失险峻，房间虽小却易得安然。此时的她只想与田园为伴，与山水为伍。

按理说，坐拥山水田园的李清照应该更有创作诗词的雅兴。但是，她流传下来的作品仍以苦情词见多，而田园诗寥寥无几。

赵明诚在青州没有出仕做官，少了公务与应酬，有更多的时间陪伴李清照。当她远离了寂寞和孤独，自然也就没有那么多忧愁了。人的精力是有限的，夫妇二人在金石学上投入了大量时间，李清照的诗情画意在忙碌中暂且被封存。即便她有闲暇去写作，写作内容也不外乎花间物语、夫妻情话或是礼尚往来的祝词，关乎田园生活的词作并不多见。

李清照天资聪颖，记性过人。自古文史同脉，文学泰斗往往是历史学家。李清照酷爱历史，历史中的典故成了她乐于记忆的趣闻轶事。经过岁月的沉淀，这些历史知识铸就了她富丽堂皇的文学宫殿。李清照诗词里的典故琳琅满目，她文学素养的光芒从未停止闪烁。

每日饭后，夫妇二人烹茶猜书，对于典故，看谁能说出在何书何卷哪页哪行，赢者饮茶，以此为乐。每当李清照猜对了，便乐不可支，有时竟会不小心把茶水碰翻。在欢声笑语中，李清照忧愁的笔调一时消失了。

其实，李清照在青州的生活并不富裕，自从受到政治排挤，赵、李两家家道开始落没。然而两个人将精力全部放在了学术之上，并不在意生活的素简。生活中，他们食去重肉，室无金绣，而李清照更是衣去重彩，首无翠珠。夫妇二人食不求饱、居不求安，只求学究天人。

不求盛世繁华，只求现世安稳，青山绿水和鸟语花香已经让他们很满足了。朴素的山水，朴素的生活，这是李清照向往的快乐，是她梦中的归宿。她甘心永远留在这里，守着窗儿，将景色纳入一方窗格，一直到终老。

尘网喧嚣，归隐可好？这段时期，正是李清照的一段归隐生活。对她来说，青州虽不若京城繁华，但是天格外蓝，云格外淡，水格外清。清淡如水的生活，让她轻松愉悦。李清照跟心爱的人在月下一起寻诗品茶，访古论今。此时她只想剪下这段恬淡无忧，贴在最深的记忆中，让田园时光成为永恒。

海棠心语

深院闺阁，谁人知我？然而，没有知心人，空留庭中花。

既然落入红尘，就要面对尘网中的晴天和冷雨。人生变化万千，多少轻舟会搁浅在世俗的无奈，多少承诺都被命运无情地收回。李清照曾以为，相爱的尽头是长相厮守。可是，岁月有时很任性，不会为初时的美好点上一个句号。

在古代，妻室若无子嗣，男子是可以续室的。赵明诚欣赏李清照的才高八斗，更珍惜与她的志同道合。虽然他们彼此情深义重，但在世俗的舆论压力下，赵明诚也免不了流俗。李清照的内心无法平静，毕竟她已经习惯了与赵明诚成双成对，不希望有一个人介入他们的生活。李清照想以自己的才情把夫君的心牢牢地拴住。然而，她只是一叶浮萍，在时代大潮面前显得太脆弱了。就在赵明诚续室之后，李清照开始了漫无边际的伤春悲秋，她的诗比以往更悲凉了。

海棠花，美得让人心醉。它是花中的贵妃，也被称为"断肠红"或"相思红"。花儿依恋流水，而流水奔走天涯。那窈窕的花蕊，封存了一段苦恋。海棠一般开在春末夏初，李清照院内的几株秋海棠已是格外鲜艳。而昨夜里的那场雨，淋了海棠的花瓣，也湿了她的心扉。她的代表作《如梦令·昨夜雨疏风骤》让一株海棠花成为宋朝一道最耐人寻味的风景。

如梦令·昨夜雨疏风骤

昨夜雨疏风骤，

浓睡不消残酒。

试问卷帘人，

却道海棠依旧。

知否，知否？

应是绿肥红瘦。

窗阁内，是谁在听雨梳妆；窗阁外，是一道辗转的围墙。李清照夜听风雨，枕一番醉意入眠。清晨起身，酒未全消。她在睡意蒙眬中忽然想起那株海棠，便问卷帘的侍女海棠花是否安好。侍女回答说花儿还是那么美，而李清照却认为是"绿肥红瘦"。

海棠花是有香气的，但是淡得几乎闻不到。若是经受风雨，花儿更是没有余香了，只怪海棠美得太过脆弱。昨夜，下的是相思雨，吹的是牵念风，醉的是执着心。深院闺阁，谁人知我？然而，没有知心人，空留庭中花。花儿也有情，容易沾染人的愁绪，所以，这惆怅的色彩变得更加浓郁了。

李清照的文字实在是精妙，妙得有些诡异。"绿肥红瘦"，一语双关，出神入化。花儿消瘦，绿叶正浓。此刻，谁是花儿，谁是绿叶？谁将清酒新尝，谁是憔悴的模样？再美的花也会先行枯萎，而绿叶能不能体会花的憔悴？花儿与绿叶相依在最美的相遇，挥泪在最痛的别离。有多少鲜花与绿叶，经历着一场场纷飞与归去。那株柔弱的海棠花，在风雨中怎会安然无恙？花儿闪着泪水，不明真意的人只当那是露珠。

一同踏上滚滚红尘，注定风雨兼程、悲喜参半，而谁又不是在负重前行？想在相逢里微笑，却在相思中煎熬。李清照只想与夫君在一起，做一对并蒂芙蓉或是连理桃枝，一生不相离。她未曾想到，情路正值芬芳，却又突遇凄凉。

李清照最难熬的时候是七夕或重阳。在这些传统节日里，赵明诚回京城探亲，她却是一个人留在青州，怎能不孤单？她的词，一首比一首凄凉，一首比一首忧伤。《凤凰台上忆吹箫》一词已是一种无尽的惆怅。

凤凰台上忆吹箫

香冷金猊，

被翻红浪，

起来慵自梳头。

任宝奁尘满，

日上帘钩。

生怕离怀别苦，

多少事、欲说还休。

新来瘦，

非干病酒，

不是悲秋。

休休。这回去也，

千万遍《阳关》，

也则难留。

念武陵人远，

烟锁秦楼。

惟有楼前流水，

应念我、终日凝眸。

凝眸处，

从今又添，

一段新愁。

文似看山不喜平，平铺直叙过于平淡，婉转迂回方显不凡。武陵人，出自陶潜的《桃花源记》，此处暗指心上人。武陵人远，谁与相伴？只有门前溪水懂得人的忧愁。

若每一份思念都是一朵海棠花，那寂寞的夜便是一片花的海洋，只是这片海过于忧郁了。

寂寞的夜不能没有烛光，因为在烛光中，还可以有清影做伴。李清照面对烛光里的影子，只能把浓浓的相思付诸笔尖。笔尖从此成了她心灵的原点，任由她倾诉思念。她挨过无数漫长的夜，只想与赵明诚重温昨日，但他已不再属于自己一人。他有他的自由，她有她的心忧。时光里，似乎每个人都在变，似乎没有什么可以一如从前。山水还是那个朴素的山水，只不过物是人非。

李清照的词就像是低沉的云，虽然脚步轻巧，但是有些压抑，有些悲凉。她不再是那个溪亭沉醉的女子，不再是那个蹴罢秋千的美人。惆怅就像一面厚厚的墙，把她曾经的快乐遮掩起来。她爱赵明诚，爱他的一切，但是她真的还没有准备好面对孤独。

人与人最远的距离，不是分隔两地，而是寡言冷语。李清照与赵明诚一起考究文字，一起整理书卷，如此按部就班的日子，两个人的关系更像是同事。由于在金石考究中投入了很多精力，两个人少了一些情感交流。在青州居住几年之后，赵明诚的性子逐渐变得焦躁易怒，不似以前和蔼。

最初两个人收藏的文物并不多，就算是偶尔有所损坏，赵明诚也不在意。但随着收藏品越来越丰富，他对李清照的态度开始有所变化。李清照整理文物若稍有不慎，赵明诚便会迁怒于她。而且，他还将书库上了锁，李清照进入书库需经赵明诚的同意。

温文尔雅的赵明诚为何变得如此偏执呢？且不说时光会将爱情汤变成亲情水，事实上，李清照的高才就像一道无法逾越的山脉，让赵明诚感到惭愧。再加上赵明诚续室之后仍无子女，在李清照面前便更加自卑了。人在有苦难言的愤懑中，性格往往会变。

后来赵明诚去莱州、淄州做官，那些文物贵重且繁多，不便于周转和携带。赵明诚只好把李清照留在青州，让她看护这些贵重物品，所以李清照待在青州的时间比赵明诚要长。赵明诚动辄就会离家多日，李清照每天都盼望能得到他的音信。

青州故地是个令她沉醉的地方，如今却也难免心碎。赵明诚离开的日子，只剩她一人空守。往昔和气满堂，如今空音绕梁。苦等是对心灵的责罚，且难以救赎。所以，她只能对着烛光怅然若失。

第三篇

十里春风七里香

十里

春风七里香

扫一扫
● 听朗读音频

苏门后生

　　功名和荣耀只是岁月水面的一圈涟漪，拂过之后便留不下任何痕迹。

　　苏轼（1037—1101年），字子瞻，号东坡居士。他是诗词界的泰斗，作品浩瀚如云，文章独步天下。苏轼文华盖世，在功成名就之后广收门徒。苏氏春风吹遍四海，门生桃李芬芳。苏子有才，亦尤为爱才。众多门生中出类拔萃之人被尊称为"苏门学士"。

　　黄庭坚、秦观、晁补之、张耒四人卓尔不群，成为赫赫有名的"苏门四学士"。李格非是四学士的师弟。他发愤忘食，乐以忘忧，最终与廖正一、李禧、董荣三人成为"苏门后四学士"而扬名天下。

李格非为人清正，并不在意对名利的追逐，而是在意对心灵的修缮。他将精神的富足视为归宿。作为苏氏门生中的佼佼者，其文华不失苏子风范。《洛阳名园记》是李格非的传世之作，其中不乏警世之言。

洛阳之盛衰，天下治乱之候也。

公卿大夫方进于朝，放乎一己之私以自为，而忘天下之治忽，欲退享此乐，得乎？唐之末路是已。

洛阳是汉唐旧都，是华夏文明的主要发祥地之一。王侯将相在此大兴园林，洛阳城内园林荟萃，很是奢华。洛阳被称为"天下之中，山河拱戴"，是兵家必争之地。李格非以洛阳的盛衰看天下兴亡，警示世人要在其位谋其政，退其位享其乐，切莫贪图享乐而忘记治国理政，唐朝灭亡就是前车之鉴。

除了李格非，其他"苏门学士"对苏子文风各有继承和发扬，并且均有建树。晁补之（1053—1110年），字无咎，号归来子，祖籍山东巨野。晁补之孜孜不倦，韦编三绝，写得一手好文章。苏东坡看过他的作品之后，盛赞其笔力清丽典雅、优美宏畅。苏子感叹后继有人，对晁补之格外关照。晁补之对苏子的知遇之恩受宠若惊，誓随苏子闯荡文坛。远有陶渊明，近有苏东坡，都是晁补之倾力模仿的对象。晁补之天赋与勤奋并行，终在文坛独树一帜。

李格非朝事繁忙，无暇对幼时的李清照进行教育辅导。苏门人才济济，春风不绝。李清照从师苏门，可谓近水楼台。晁补之与李格非是同门兼同乡，两个人友情深厚，胜似手足。晁补之很是欣赏李清照的诗词天赋，于是小清照成了晁补之的爱徒，顺理成章地成为一名苏氏门生。

1092年，李格非初入苏门，李清照年方八岁，当时苏子已经年逾半百。1101年，李清照成婚，苏子离世。苏门学子无数，李清照算是师孙辈。虽然她接受苏轼亲自辅导的机会并不多，但对苏子飞花般的文字格外亲切。

苏轼的《蝶恋花》中有"巷陌秋千"，《寒食夜》中有"人静秋千影半斜""淡云笼月照梨花"，引发了李清照的创作欲，最终写成了《怨王孙·春暮》。

怨王孙·春暮

帝里春晚，

重门深院。

草绿阶前，

暮天雁断。

楼上远信谁传？

恨绵绵。

多情自是多沾惹。

难拼舍。

又是寒食也。

秋千巷陌人静，

皎月初斜，

浸梨花。

　　从初入苏门到苏子离世，这九年之间，李清照的学识成就主要得益于那些师伯、师叔。她在苏门学士中耳濡目染，渐渐推开了笔墨人生之门。

　　张耒（1054—1114年），字文潜，"苏门四学士"之一。他深受李白、杜甫的影响，文字颇有唐朝诗风。对于诗词，他精益求精，继往开来，在文坛开拓了一片天地。这位高雅之士对幼时的李清照关爱有加。

　　湖南浯溪，山水秀丽。潇湘之水，一路东去。中兴颂碑，赫然而立。碑文由唐代学者元结撰文，唐代书法家颜真卿书写。碑文记载了自平息"安史之乱"之后，天下四海升平。一代中兴名臣，流芳百世，倍受敬仰。当年张耒游历了浯溪，他作为一名爱国学士，自然会去瞻仰中兴颂碑。北宋朝中正值势力分化，政局并不安稳。他面对石碑的雄伟和文字的瑰丽，有感而发成诗一首《读中兴颂碑》。

读中兴颂碑

玉环妖血无人扫，渔阳马厌长安草。

潼关战骨高于山，万里君王蜀中老。

金戈铁马从西来，郭公凛凛英雄才。

举旗为风偃为雨，洒扫九庙无尘埃。

元功高名谁与纪，风雅不继骚人死。

水部胸中星斗文，太师笔下龙蛇字。

天遣二子传将来，高山十丈磨苍崖。

谁持此碑入我室？使我一见昏眸开。

百年兴废增叹慨，当时数子今安在？

君不见荒凉浯水弃不收，时有游人打碑卖。

往日可堪回首，功绩能否疗伤？一代才子站在百年兴废的河岸上荡气回肠。李清照对师叔张文潜的文章爱不释手，而文字中流露出的爱国之心更是让她感慨万千。她灵意萌生，写下了两首和诗。

和诗最大的特点，即尾字韵脚不可更改。这无异于戴着脚镣舞蹈，和诗甚至比诗词的格律还要困难，这就要考验和者的文字功力了。然而，李清照却将这支舞演绎得精彩绝伦。基于师叔的字韵，她写了两首精彩独到的和诗。

浯溪中兴颂诗和张文潜（二首）

五十年功如电扫，华清宫柳咸阳草。

五坊供奉斗鸡儿，酒肉堆中不知老。

胡兵忽自天上来，逆胡亦是奸雄才。

勤政楼前走胡马，珠翠踏尽香尘埃。

何为出战辄披靡，传置荔枝多马死。

尧功舜德本如天，安用区区纪文字。

著碑铭德真陋哉，乃令神鬼磨山崖。

子仪光弼不自猜，天心悔祸人心开。

夏商有鉴当深戒，简策汗青今具在。

君不见当时张说最多机，虽生已被姚崇卖。

君不见惊人废兴传天宝，中兴碑上今生草。

不知负国有奸雄，但说成功尊国老。

谁令妃子天上来，虢秦韩国皆天才。

花桑羯鼓玉方响，春风不敢生尘埃。

姓名谁复知安史，健儿猛将安眠死。

去天尺五抱瓮峰，峰头凿出开元字。

时移势去真可哀，奸人心丑深如崖。

西蜀万里尚能反，南内一闭何时开？

可怜孝德如天大，反使将军称好在。

呜呼，奴辈乃不能道辅国用事张后专，

乃能念春荠长安作斤卖。

"五十年功如电扫，华清宫柳咸阳草"，千秋只在一瞬间，何况区区五十年？功名和荣耀只是岁月水面的一圈涟漪，拂过之后便留不下任何痕迹。如今当朝者纸醉金迷，繁华如若星影摇摇欲坠。

一位女子情怀超逸，志向不俗，她深爱着这片养育自己的土地。年轻时的李清照，已经具备了相当的爱国热忱。她阅读了无数的经史典籍，但她没有刻意跟随，也没有肆意纷飞。她沿着美丽的诗词湖水，寻找灵感，磨砺文字。李清照有一颗敏感而真挚的心，情深之处，毫不隐藏。诗语中处处是她独有的性情，一生如此透明。岁月中，她从容地运筹笔墨，把一切刻画得如此传神。

扫一扫
● 听朗读音频

田园牧歌

面对乱世如渊，有人选择留，也有人选择走。而留下的不一定没有宿夕之忧，离开的不一定不能笑到最后。

人生在世，会有太多抉择摆在面前。然而，鱼和熊掌往往不可兼得。很多文人心中是很矛盾的，他们渴望荣辱不惊，但有时不得不趋炎附势。面对乱世如渊，有人选择留，也有人选择走。而留下的不一定没有宿夕之忧，离开的不一定不能笑到最后。活得洒脱与否，全然在于心性。

在东晋时期，江西九江出了这么一个人。他曾志如鸿鹄，也曾仕途留宿。但是当他看透沉浮之后，就再也不愿过身不由己的日子了。于是，他选择放手名利、缘溪而行，毫无眷顾地走进山水。他就是诗歌的探路者与灵魂的摆渡人——陶渊明。

陶渊明（352—427年），字元亮，又名潜。他是中国第一位田园诗人，也是一位尽享耕种之乐的墨客。陶渊明饱尝辗转起伏，生性高洁的他认为不如顾怜眼前韶光。他忘情于仕途，回归于自然，开启了一条属于自己的行乐尽欢之路。醉心于山水的他，每日山冈放歌，溪旁吟哦。如此乐安天命，逍遥快活。

在山水中，陶渊明用清淡的文字把狂风骤雨化作山间霓彩。他一生创作了很多扬名后世的田园诗篇，这些文字成了后人的灵魂港湾与精神食粮。《桃花源记》中的世外村舍，《归去来兮辞》里的涓涓水流，均拥有穿越时空的宁静与隽永。

古代文人学而优则仕，陶渊明亦不例外。他踌躇满志地踏上仕途，希望一展身手。然而，当结局与初心相去甚远的时候，他却有了不一样的胸怀。人们读他的《饮酒（其五）》时，仿佛看到他一身傲骨、两袖清风，在山水中探寻真意。

饮酒（其五）

结庐在人境，而无车马喧。

问君何能尔？心远地自偏。

采菊东篱下，悠然见南山。

山气日夕佳，飞鸟相与还。

此中有真意，欲辨已忘言。

醉翁之意不在酒，他所在乎的，是尘世的心远，是灵魂的悠然，是阳光和飞鸟，是菊蕊和南山。田园之中，独自饮酒成醉，醉中品得人生三昧。一句"采菊东篱下，悠然见南山"不知激发起多少文人的田园情怀。"东篱"渐渐成了一种境界的象征。前有白居易、卢照邻，后有晁补之、李清照，诗人们的诗句里频现"东篱"。晁补之视陶渊明为偶像，不仅诗学陶渊明，而且仿效其为人处世之风。

在晁补之的影响下，陶渊明也成了李清照十分喜爱的诗人。她向往那种与世无争的洒脱和快活，"东篱"在她的词作中不止一次出现。除了有《醉花阴》的"东篱把酒黄昏后"，还有《鹧鸪天·寒日萧萧上琐窗》的"莫负东篱菊蕊黄"。

鹧鸪天·寒日萧萧上琐窗

寒日萧萧上锁窗。

梧桐应恨夜来霜。

酒阑更喜团茶苦，

梦断偏宜瑞脑香。

秋已尽，日犹长。

仲宣怀远更凄凉。

不如随分尊前醉,

莫负东篱菊蕊黄。

　　锁窗遇寒,梧桐惹霜,去国怀乡,尤见凄凉,不如酒醉
一场,不负眼前的东篱清幽与菊蕊花黄。

　　李清照读过陶渊明,从此心中便有了山水情和田园梦。
她敬重他乱世之中的从容,敬重他风雨面前的磊落。她熟读
陶潜的诗词歌赋,领会文中的精髓,修缮自己的文思与行
为。陶潜的点滴诗句都能化作她写作的烟雨。李清照曾自视
为"葛天氏之民",而葛天氏之民正是源于陶渊明的文章
《五柳先生传》。

　　虽然身处繁华,但大争之世的纷乱如同鹅毛大雪,掩埋
了李清照美好的憧憬。在遥远的未来,不知她会有如何的姿
态,也不知是否会遇见心中的世外桃源。如能遇见,她会不
会义无反顾地奔向那一片净土?

扫一扫

听朗读音频

醉翁印象

　　一句"庭院深深深几许"就像是来自江南小镇深处的清风，轻轻将她的思绪卷起，吹进这浓浓的笔墨。

　　李清照所写过的诗词，仿佛秋天里的落花。她的每一朵花瓣都带着丝丝忧伤，飘落了清浅或浓郁的情感纠结。每当细数她诗句里的落红，就会发现其中竟然包含了许多醉翁的元素。

　　欧阳修（1007—1072年），字永叔，号醉翁，晚号六一居士。欧公一生文思澎湃，诗篇琳琅。尤其是那篇《醉翁亭记》，让欧公名闻四海，从此"醉翁"成了他的代名词。

　　欧公的文字清简隽永，俊美通俗。且看"把酒祝东风，且共从容""人生自是有情痴，此恨不关风与月""月到柳梢头，人约黄昏后"……他笔下的红粉佳人和青春才子典雅浪漫；他诗中的淡月低云和垂杨紫陌不食人烟。这些字意浅淡却情韵深浓的文字，如此委婉，分外动听。人们曾以为这些绝美的诗句是出自一位俏丽女子之手，但得知源于这位江南才俊之后，倒也不觉稀奇了。

李清照与欧阳修还是很有渊源的。欧阳修与李清照的外祖父王拱辰既是同学又是连襟，他对李格非的老师韩琦也有知遇之恩。虽然欧公在世之时李清照还未下凡尘，但是他们的文字和心灵注定会隔空相颂。

李清照取法乎上，汲众所长。欧公作为一代文豪，著作无数。他的诗篇落在李清照的心湖，水面泛起的诗意便是她的共鸣。李清照对欧公是崇拜有加的，对欧公的文字着实进行了几番观摩。那时的她随性率真，只想去叠合那份优雅，复制他的感情。在她悲戚之时，读到了欧阳修的《蝶恋花·谁道闲情抛弃久》，于是再也放不下那份惆怅。

蝶恋花·谁道闲情抛弃久

谁道闲情抛弃久。

每到春来，

惆怅还依旧。

日日花前常病酒。

不辞镜里朱颜瘦。

河畔青芜堤上柳。

为问新愁，

何事年年有。

独立小桥风满袖。

平林新月人归后。

　　惆怅依旧，花前病酒，朱颜消瘦……这些文字历经岁月的长廊，恍若隔世。诗词是有生命的，可以牢牢根植在人与人之间的情感中。欧公文风轻轻飘散，几十年岁月逝去，他的词韵终究是落到了李清照的手里并弥散开来。不敢说李清照的《凤凰台上忆吹箫》通篇皆是感发于欧公的《蝶恋花》，但其中一句"新来瘦，非干病酒，不是悲秋"定是来自"日日花前常病酒，不辞镜里朱颜瘦"。

　　欧公的佳作宛若散落在沙滩上的贝壳，李清照漫步在绵绵沙滩上，俯身拾起这些美丽。欧公的《蝶恋花·庭院深深深几许》，深深的庭院，深深的情衷，怎能让一个多愁善感的女子不心动呢？

蝶恋花·庭院深深深几许

庭院深深深几许，

杨柳堆烟，

帘幕无重数。

玉勒雕鞍游冶处，

楼高不见章台路。

雨横风狂三月暮，

门掩黄昏，

无计留春住。

泪眼问花花不语，

乱红飞过秋千去。

　　庭院深处，杨柳堆烟，暮春三月，风横雨狂。院锁黄昏，留春无计。落花无言，飞过秋千……李清照的心，轻轻荡在欧公诗词的秋千上，去追逐时光。

　　一句"庭院深深深几许"就像是来自江南小镇深处的清风，轻轻将她的思绪卷起，吹进这浓浓的笔墨。这动人的诗句，不仅仅给了李清照辽阔的想象空间，更是给了后人太多的恻恻回味。最终李清照以这句诗为起点，引出一首《临江仙》。她在序中毫不掩饰地将自己的创作灵感归功于欧阳修。

临江仙

　　序：欧阳公作《蝶恋花》，有"庭院深深深几许"之句，予酷爱之。用其语作"庭院深深"数阕，其声即旧《临江仙》也。

庭院深深深几许？
云窗雾阁常扃。
柳梢梅萼渐分明。
春归秣陵树，
人老建康城。

感月吟风多少事，
如今老去无成。
谁怜憔悴更凋零。
试灯无意思，
踏雪没心情。

　　李清照的心扉，是紧锁的云窗雾阁，而她的诗篇，是柳
梢梅萼。她太容易感风吟月，也太容易憔悴心伤了。她的人
生中期，就像一叶浮萍。她瘦弱的肩膀，确实承担了许多常
人所不堪忍受的悲伤，所以，她的文字常会撕扯着我们的心
痛。在寻寻觅觅和冷冷清清中，李清照完成了绝代词文《声
声慢》。时隔千年，人们再次回首这首词，仍能感受到那年
的憔悴与心伤。

声声慢

寻寻觅觅，

冷冷清清，

凄凄惨惨戚戚。

乍暖还寒时候，

最难将息。

三杯两盏淡酒，

怎敌他，晚来风急！

雁过也，正伤心，

却是旧时相识。

满地黄花堆积，

憔悴损，

如今有谁堪摘？

守着窗儿，

独自怎生得黑！

梧桐更兼细雨，

到黄昏、

点点滴滴。

这次第，

怎一个愁字了得！

若是人们对李清照的文采还有质疑，那么此刻面对这首词，一切嘘声都平息了，继而涌现出如海潮一般的赞叹。"寻寻觅觅，冷冷清清，凄凄惨惨戚戚"，李清照的文字灵韵荡漾，仙气十足。这是七联叠字，凄美而又绚丽，工整而又新奇。它犹如一根朦胧的飘带，又似一条空灵的长廊。此时李清照伫立在婉约之极和惆怅之巅，已是前无古人。这首词成了李清照文采的写照，深化了她的韵律人生。也许格调有些惆怅，然而柔情似水的忧伤抵挡不住波澜壮阔的才情，她的确无愧于"千古才女"的美誉。

人们跟随李清照的凝重与哀婉辗转反侧、心绪翻腾，而她也曾是一名读者，也曾被别人的悲欢牵引着。当人们无意中读到了醉翁的《一落索》，看着其中那些熟悉的文字，就能找到《声声慢》的情感寄托和来源。

一落索

小桃风撼香红碎。

满帘笼花气。

看花何事却成愁，

悄不会，春风意。

窗在梧桐叶底。

更黄昏雨细。

枕前前事上心来，

独自个，怎生睡。

　　黄昏窗阁，细雨梧桐，孤单难枕，黑夜难挨。这一幕场景，几人随行。醉翁的诗意是远方的田野，而李清照能让这片田野变得更为广阔。一句"这次第，怎一个愁字了得"，已是超越了欧公。

　　文字最大的力量，就是能够挣脱时空。醉翁的词仿佛一曲幽怨的笛声，越过了低沉的岁月。李清照仿佛在与欧公合奏，道尽千古诗情。读她的诗词，聆听她的心事，总会被那些悲伤或是喜悦所缠绕。那些歌声，那些共鸣，正是人们与诗词最深的缘分。

扫一扫
● 听朗读音频

后主之殇

愁，并不是一杯苦中带甜的茶水，因为它只有苦涩。然而若是披上秋的色泽，便成了一种深沉和肃静。

愁，自古被称作秋心。秋天的萧瑟更能引起内心的苍凉感，所以愁与秋天成了一对莫逆之交。对于多愁善感的人来说，秋天是最易动容的季节，而人是一片叶，只为渲染那一场秋季。愁，并不是一杯苦中带甜的茶水，因为它只有苦涩。然而，它若是披上秋的色泽，便成了一种深沉和肃静。

易安诗词，秋心为要，漫漫诗语中有一个"愁"字当道。这个女子秋心似海，愁情无涯。在她的诗词里有一缕缕愁思在轻轻飘拂，既令人回味，又令人神伤。当人们读过她一首首婉约的词后，只叹她的秀发和面容被那些悲伤锁住了。这么一个清瘦如月的女子，久久处在秋心的波澜中怎可安然无恙？她会不会顷刻间一朝春尽、青丝如霜呢？

谈起李清照词风的形成，不能不提到一个人，他就是南唐后主李煜。李煜（937—978 年），初名从嘉，字重光，号钟隐，为南唐中主李璟第六子。961 年，李煜继承父位，史称南唐后主。美丽的江南赋予了这位国主灵秀的才气。他精于书画，长于诗词，一路走到艺术的巅峰。

李煜的词作虽不多但精致，几乎每篇都是经典。他的《长相思》《更漏子》《相见欢》等词文的柔性与婉约，更能引起人们的情感共振。李清照学诗作词，不可能不接触后主的词作，有一颗唯美之心的她定会被他一首首动人的词语所吸引。从此，她爱上了"寂寞梧桐深院锁清秋""帘外雨潺潺，春意阑珊""冉冉秋光留不住，满阶红叶暮""自是人生长恨水长东"……

李清照曾沉浸在李后主的秋心里，迷恋那凄美的雨季。她的写作风格深受其影响。而后她又承受国运不济、家道凋零、孤苦无依等种种挫折，莫大的失落感让李清照抑郁难当，有感而发写出了"天与秋光，转转情伤""载不动许多愁""薄雾浓云愁永昼""此情无计可消除，才下眉头，却上心头"……

人们在读李清照的词之时一见如故，她与后主的忧伤竟是不谋而合。李清照的那首《一剪梅》令人百读不厌，在那清丽无瑕的文字里，似乎总是闪烁着李后主《相见欢》的影子。

一剪梅

红藕香残玉簟秋。

轻解罗裳，独上兰舟。

云中谁寄锦书来?

雁字回时，月满西楼。

花自飘零水自流。

一种相思，两处闲愁。

此情无计可消除，

才下眉头，却上心头。

相见欢（李煜）

无言独上西楼，

月如钩。

寂寞梧桐深院锁清秋。

剪不断，理还乱，是离愁。

别是一般滋味在心头。

同是寂寞凉秋，同是月满西楼，同是一种相思，同是一番离愁，二人绝对是婉约派的金童玉女。李后主的心忧，李清照的一点愁，勾勒着诗词世界里最动人的心酸往事。只有失意者才能深刻体会失意者的心情，所以李清照毅然延续了李煜的词风。与其说模仿，不如说相逢。有些奇妙的缘分是不受时空阻隔的，后主的心忧遇到了李清照的哀愁，幻化成一幕深秋，后人在如此浑厚的景色中感受凄美的凉意。

放眼望去，李清照的词文一片愁云密布，层叠的苦涩让她的世界变得暮色沉沉。这个女子似乎在悲伤的囹圄中无法自拔。但正是因为在苦涩中漂泊久了，李清照才有了诸多凄美的神来之笔。

他们二人的境遇如此一致，才情又如此相仿。"男中李后主，女中李易安"是后人对二人的极力赞誉。李煜是词皇，李清照是词后；李煜是清风，李清照是明月；李煜是静水，李清照是白莲。宋词是黛瓦白墙，二人的词韵之和成为一扇优雅的窗。

年轻时李清照品味李煜诗词时，一定会想象百年前这位国主的样子。想必他是相貌堂堂、风度翩翩，否则不会让美若天仙的小周后为之痴迷。这位温文尔雅的国主，绝对是宋朝女子的偶像。一个热爱和擅长诗词的女子，在青春岁月，很容易对李后主产生倾慕。

多少年过去，往事随风，世事多变，一切都如细雨一般变得迷蒙起来。大宋国运凋敝，李清照泪洒江天，那时她的思绪定会飞越时空，去重温南唐后主的幽怨。

南唐从中主李璟开始便成了大宋的附庸之国。其实，李煜并非只是纵情诗词而冷落江山，他在治国方面表现出了一定的才能。受益于他的治国举措，南唐在大宋的觊觎之下得以偏安十五载。但因国力悬殊，975 年，宋军攻破金陵，南唐灭亡。

976 年初，李煜被俘至京师。后主李煜在北宋尝尽了心酸，他的故乡愁、亡国恨化作江南烟雨，飘进了无数人的心扉。漫漫三年的囚禁生涯，后主痛不欲生。978 年，那首《虞美人》应劫而生。他的一曲忧愁，感动了天和地。

虞美人

春花秋月何时了，

往事知多少。

小楼昨夜又东风，

故国不堪回首月明中。

雕栏玉砌应犹在，

只是朱颜改。

问君能有几多愁，

恰似一江春水向东流。

苍天若惜文华，忍教后主悲伤？无论写作技巧有多么纯熟，最终都会输给真情实意。《虞美人》一词，区区五十六个字，尽显浓浓愁思。随着一江春水，李后主的心事流淌了上千年。当人们漫步在一江春水边，似乎还能听到绵绵的幽怨。

然而，成也词文，败也词文。这首惊艳千古的《虞美人》，字字表露对故国的思念，也在社会上引起了不小的反响。宋太宗赵光义恼羞成怒，对这位表面俯首称臣内心却牵系故土的亡国之君憎恶至极。终在978年七夕，赐以毒酒将李煜鸩杀，一代才情君主零落山丘。

李清照晚年所居住的杭州隶属当年的吴越，而西邻的苏皖正是当年南唐的疆域。赵明诚与其母去世之后都葬在南唐故都金陵。杭州距离金陵不远，李清照多次前往吊唁。每每踏上金陵，她定会百味杂陈。历史在重演，南宋的处境就是百年前的南唐。南宋成了元朝的附庸，"靖康之耻"犹在昨日。而李清照重复着李煜的忧伤，她思念家乡的溪亭日暮和漱玉泉水，无奈岁月不堪世事之变，故土已成遥远的星空。李清照纵有千般离愁，也只能将千千结挂在心头，仰望漫天的星斗。

苍苍大地春去春归，谁又能绕过茫茫的轮回？李清照阅尽世事，品后主之殇，叹轮回之痛。面对这些兴衰枯荣，她是否会思忖，人生一梦，何处栖身，眼前的繁华，未来又能花落谁家？

道
缘
禅
心

苍天在上，黄土在下，人生于天地间，效法天地是为人之道。

千百年来，从诸子百家争鸣到儒释道三足鼎立，各类思想争芳斗艳、相济相融，构成了人文世界的多元和绚丽。自古以来，文化与宗教有着千丝万缕的关联。正统的宗教就像是蓝海中美丽的礁岛，耸立着灵魂港湾的奇幻与精神家园的斑斓。教义往往左右人的三观与言行，所以研究一个人的信仰归属是颇有几分意趣的。

宋徽宗于 1100 年即位，1126 年失位。这位君王在位二十六载，李清照从豆蔻年华到年逾不惑，历经宦门沉浮与国运兴衰。古人认为三十年为一世，由此看来，二十六年光阴着实不短。在这期间，人的阅历会得到殷实的积累，心性也会得到充分的雕琢。

宋徽宗笃信道教，将之奉为国本，自封"教主道君皇帝"，并以道人作为谋臣国师。所以，在他执政时期，道教成为社会意识形态的主流，而深受道教影响的文学艺术在宋代空前繁盛。上有好者，下必甚焉。对于宋徽宗的艺术情结与道教观念，上至公卿大夫下至贩夫走卒，皆争相效仿。李清照也是宋徽宗的众多粉丝之一。

中国人的生活其实是与道教密不可分的。打太极、祭先祖、中医、书法、琴棋书画，无一不与道教息息相关。道家讲究道法自然，这是为人处世的大智慧。苍天自强不息，大地厚德载物。苍天在上，黄土在下，人生于天地间，效法天地是为人之道。只有真正顺应了天地，才可清静无为，从而达到"无为而无不为"的境界。

文学亦讲求道法自然，借物抒情是一种常见的写作手法。李清照走笔运墨，将艺术与信仰合二为一，写尽风华。人们在词句中并不难发现她的信仰归属。李清照描写梅花的词不止一首，而词作《玉楼春·红梅》中的那朵梅花，超凡脱俗。

玉楼春·红梅

红酥肯放琼苞碎，
探著南枝开遍未。

不知酝藉几多香，
但见包藏无限意。

道人憔悴春窗底，
闷损阑干愁不倚。
要来小酌便来休，
未必明朝风不起。

　　梅如红酥，琼苞待放，酝藉的是花香，包藏的是意韵。春窗难掩道人的憔悴，栏杆不倚居士的忧愁。斟几许清静入杯，今朝有酒姑且醉，无关明日风和雨。

　　圣贤人道法自然，李清照情寄梅花。当人们陶醉在那一枝梅韵之时，"道人"二字让人眼前一亮。李清照为人虽然不拘小节，但以"道人"自居绝非随意。此处的"道人"是指学道之人，也就是道教信众。

　　无独有偶，她还有一首赞花之词，名叫《瑞鹧鸪·双银杏》。本词与《玉楼春·红梅》的写作手法类似，上阕写花，下阕写人。

瑞鹧鸪·双银杏
风韵雍容未甚都。
尊前甘橘可为奴。
谁怜流落江湖上，

玉骨冰肌未肯枯。

谁教并蒂连枝摘，
醉后明皇倚太真。
居士擘开真有意，
要吟风味两家新。

抛开其他文字不论，单看"居士擘开真有意"一句，即可证明这是李清照自号"易安居士"之后的作品。

李清照与赵明诚离开汴京，归居田园，自号"易安"。无论是佛家还是道家，均称在家修行的人为"居士"。在唐宋时代，佛道鼎盛一时，当年李白、白居易、苏轼等很多文人均以"居士"自居。李清照自号居士之后，也有人相信李清照结过佛缘。因为其师晁补之来自佛教世家，是位虔诚的佛教徒，他的信仰对李清照不可能没有影响。

众所周知，佛家与道家均提倡修身立德、淡泊清心，对酒色财气这些扰乱心性的东西是慎之又慎的。佛家认为酒能乱性，所以酒戒森严，严守戒律的佛教徒是滴酒不沾的。有的道士会酿造米酒，也不过是为了养生。文人们大都是佛道兼修，既喜欢禅悟境界，又喜欢以诗酒话桑麻，李清照也不例外。她虽然自号"易安居士"，但在诗词中表现出了十足的酒兴。

通过诗词中零星的词语，可以发现她的信仰归属。但最能证明李清照道家哲学观的，当属她的《晓梦》。

晓　梦

晓梦随疏钟，飘然蹑云霞。

因缘安期生，邂逅萼绿华。

秋风正无赖，吹尽玉井花。

共看藕如船，同食枣如瓜。

翩翩座上客，意妙语亦佳。

嘲辞斗诡辩，活火分新茶。

虽非助帝功，其乐莫可涯。

人生能如此，何必归故家。

起来敛衣坐，掩耳厌喧哗。

心知不可见，念念犹咨嗟。

李清照在梦境中随疏钟踏云霞，邂逅了安期生与萼绿华，道出一段仙履奇缘。这二位均是道教仙人。萼绿华为道教仙女，美丽绝伦，才华绝代。李商隐曾有诗曰："萼绿华来无定所，杜兰香云未移时。"安期生，人称蓬莱千岁翁，均在李白、苏轼等人的诗中出现过。而李清照的这首诗，当受到李白《寄王屋山人孟大融》的启发。

寄王屋山人孟大融

我昔东海上，劳山餐紫霞。

亲见安期公，食枣大如瓜。

中年谒汉主，不惬还归家。

朱颜谢春晖，白发见生涯。

所期就金液，飞步登云车。

愿随夫子天坛上，闲与仙人扫落花。

梦中得佳句的事例并不罕见，李煜、李白、杜甫、苏轼等人都曾以诗记梦。梦游仙境，醒后成文，确实是一种玄妙的体验。

除了诗词，能证明她信奉道教的，是她手边的读本，例如《易经》《文心雕龙》等。《易经》堪称宇宙密码和群经之首，是李清照的家传读物，道家思想极其浓厚。《文心雕龙》是南朝刘勰创作的文学理论著述。刘勰认为，美学是文学的基础，道家是文学的本源。李清照写诗作词，曾引用过其中的诗句。

心灵需要完善，才能走得更远。李清照是千古第一才女，对待人生的归宿，不可能只观风景而不求其精。她的慧根就像一颗潜伏在灵魂中的种子，在未来的某一刻，一定会发芽、结果。

济世救人乃道家思想，所以在国难之时，李清照浓厚的爱国热忱一触即发。她的词风不再委婉，而是用豪言壮语激励国人，从而谱写了一段不同寻常的华章。

别是一家

虽然身体终究回归到泥土，但是灵魂可以附着于诗歌。

那朵蜡梅，既然开放一回，就要让身旁所有的雪花沉醉和折服。

千年之前，文坛百花齐放，文学形式时有更新。宋词继唐诗之后，成为世界文学史上的另一颗奇珍异宝。宋词是一场滋润心扉的美学烟雨，又是一座芬芳情怀的文字花园。宋词句式有长有短，仿佛山水起伏连绵，带来无限的风光。在那些美不胜收的诗篇中，远有烟锁重楼，近有水映深秋，上有星月舞袖，下有雨露润喉。人们醉倒在宋词的参差中，尽享文字的美好。

宋词格调严谨，声律和谐，具备了音乐的特征。应是先有乐曲，后有辞章。旋律是宋词的摇篮，也正是音乐焕发了人们的灵感。聪慧的人们将心声化为文字，镶嵌在音符里。当音乐遇到文字时，就像是青山遇到了绿水。由于科技受限，当年的乐谱经过历史的洪荒均已失传，人们已经无法听到千年之前乐曲的旋律。但是在岁月中留下来的歌词，同样能让后人如醉如痴。

千年之前的人们，到底具备了什么样的情怀才可以拥有如此完美的宋词？宋词是美丽的海，浩瀚无垠。单就这些词牌，便可以让人沉醉。"浪淘沙""西江月""如梦令""一剪梅""蝶恋花""沁园春""水调歌头""巫山一段云"等词牌之名，一个个珠翠罗绮，一个个玉洁冰清。这些词牌似来自仙界，也许是在某一个时刻，天宫的文曲星下凡游历，给人们留下了这些精致的雅称，将人间的美学层次升华了。

人们用宋词诉说心灵、讴歌往事，表达真挚的情感。苏轼笔下有"大江东去"，秦观笔下有"柔情似水"。这些绚丽多姿的语言，像是一泓江水，又像是一杯清茗，热烈而又醇香。别有洞天的宋词领域，深深地吸引着李清照，她义无反顾地恋上了这种文体。

岁月云淡风轻，李清照在诗词的韵味里一探究竟。她日复一日地锤炼长短句，塑造参差美。对她来说，写一首词就像是插一次花或是煮一盏茶，花容与茶韵让她醉千回。她喜欢在创作之中历练自己，喜欢在纸上留下芬芳的痕迹，那种在书香中挥洒思绪的洒脱是无法被取代的。

她在《醉花阴》里漫步，在《浣溪沙》边徘徊，她如若一位《临江仙》，轻吟着《南歌子》和《行香子》，摆弄着《一剪梅》与《新荷叶》。她眼望纷飞的《如梦令》，心怀缠绵的《蝶恋花》。她走过了《武陵春》，走过了《小重山》，纵然邂逅一地《春残》，但不失《晓梦》。她面对风景，献上深沉的《诉衷情》。当伤心欲绝的《孤雁儿》渐行渐远，她知道人生只有释然，方能体会《清平乐》和《永遇乐》，生命里才有一片《满庭芳》。

960年赵匡胤发动陈桥兵变，取代后周建立宋朝，史称宋太祖。历史潮流中的每次改朝易帜都要付出血雨腥风的沉痛代价，然而赵匡胤不战而胜，拿下后周，创造了一个和平演变的神话。而后他又通过"杯酒释兵权"，同样兵不血刃地加固了皇位，也算是赵匡胤的雄才大略。

赵匡胤虽是武将出身，但是对武将的忌惮让他最终选择了以文治国。这位开国元首又立下誓言"不杀士大夫及上书言事人"。宋朝历代皇帝无不尊奉这条铁律，文人们没有了后顾之忧，在文学领域天马行空、自由驰骋，一部部优秀的作品横空出世。

虽然身体终究要回归泥土，但是灵魂可以附着于诗歌。每个诗人都想在诗歌中得以永存，李清照亦然。她是个不甘平庸的女子，性格率真的她在书香里尽情编织着诗词之梦。

在宋朝自由的文学天地中，她写下了举世瞩目的《词论》。这是历史上第一篇出自女子之手的文学评论。她提出宋词不同于唐诗，而是一种独特的文体。从此"别是一家"成了李清照文风的象征。

李清照在《词论》开头阐述唐朝歌乐与宋词曲调的密切联系，但有一幕很有意思，那就是唐代著名歌者李八郎的低调开局和高调收场。李八郎故意隐瞒身份，衣着不修边幅。起初他被人轻视，但他最终凭借超群的技艺让众人另眼相待。由此看来，此人不甘于寂寞，并擅长以守为攻。然而，该文章内容是讲词的特点以及对文人的评判，与李八郎关联不大，而李清照为何以此作为铺陈呢？

李清照出身不凡，生活优越，早期的她绝对是一个完美主义者。李清照学词之初善于观摩，然而她绝不甘心永远步别人的后尘。那朵蜡梅，既然开放一回，就要让身旁所有的雪花沉醉和折服。虽然在宋朝初期女子的地位相对较高，但是她有更为远大的理想，否则不会有"生当作人杰，死亦为鬼雄"的惊人之语。

一个人从无名到有名，是需要一个过程的。李清照虽然出身高贵，但成名之路并非一帆风顺，与李八郎有过同样的境遇。在封建社会，读书的女子少，而读出名堂的女子更少。纵然李清照词写得再好，由于时代的局限，一个女子定会遭受不公允的对待，所以她并非那么自信。

而在成名之后，一想起曾经空有才华却无人问津，她也会耿耿于怀。她在文中说柳永、张先、宋祁、晏殊等文学家在写词方面均有不足，就连欧阳修、苏轼等文学泰斗也存在短板。这些文字在当时也应算是惊世骇俗了。其实她的本意并非要质疑这些文豪，并非对先人不敬，毕竟她自己也是欧阳修、苏轼等人的追随者，"别是一家"是来自苏轼"自是一家"的启发。她之所以采取这种特殊的表达方式，无非是想证明自己的优秀。

在写这篇《词论》之前，李清照做足了功课。她研究了数百年来的诗词，孜孜不倦地探索诗词领域的真理，而她自己也写出了很多优秀的词文，易安体已经开始立足于词坛。在诗词领域中，她像一轮新月，清瘦而闪亮，向尘世间倾洒着婉约之光。她的词清澈无瑕，可以漱玉，可以浣花。在广袤的词坛上，已然刮起一股浣花漱玉之风。

与其说宋词别是一家，不如说李清照独树一帜。在文坛上，她想与男儿比肩齐名，她想做一个伟大的女词人，她会为了完善一句词而彻夜无眠。李清照心藏瀚海，腹纳经纶，不让须眉，一枝独秀。在千年之前，这位女子兑现了对自己的承诺，成为一代"词后"。

第四篇

疏帘淡月话优雅

疏帘/淡月话优雅

扫一扫
● 听朗读音频

那些花儿

花开，是因为读懂了人的喜悦；花谢，是因为体悟了人的悲伤。

北宋相对于其他朝代，少了一些古板，多了一些浪漫。在人们的生活中，处处是优雅的琴棋书画诗酒茶。宋朝是一个酷爱鲜花的国度，此时的插花艺术已是登峰造极。那些花儿，让岁月充满了芬芳的诗意。

花开花谢，交织成爱的罗网。而浅浅的花香，便是绽放之初的清唱。冬季为飞雪绽放一剪梅，谁人为梦想安插一枝花？李清照的诗词就像是纷飞的花雨，绽放出一种别样的精致。

自古至今，人们爱花，尤其是那些蕙质兰心和雍容典雅的女子。李清照是个极其恋花之人，在她的诗句里常会飘散一朵花的芬芳。人们跟随李清照清丽如花的文字，轻轻步入花的殿堂。那里繁花似锦，缤纷如梦，簇拥着李清照的美学情怀。不管是欢乐还是惆怅，在她手里都变为花儿的美。李清照不喜欢姹紫嫣红，更爱清淡素雅。雪清玉瘦的菊、优雅清香的桂、寒中独俏的梅，摇曳着她的多愁善感，绽放着她的安之若素。

李清照的词苑里，那些花儿的美各有千秋。她早期写了一首《多丽·咏白菊》，写出了白菊的冰清玉洁。

多丽·咏白菊

小楼寒，夜长帘幕低垂。

恨萧萧、无情风雨，

夜来揉损琼肌。

也不似、贵妃醉脸，

也不似、孙寿愁眉。

韩令偷香，徐娘傅粉，

莫将比拟未新奇。

细看取、屈平陶令，

风韵正相宜。

微风起，清芬酝藉，

不减酴醾。

渐秋阑、雪清玉瘦，
向人无限依依。
似愁凝、汉皋解佩，
似泪洒、纨扇题诗。
朗月清风，浓烟暗雨，
天教憔悴度芳姿。
纵爱惜、不知从此，
留得几多时。
人情好，何须更忆，
泽畔东篱。

　　这首《多丽·咏白菊》文如其名，多姿亮丽。此词共一百三十九字，为李清照字数最多的一首词。

　　此词中，典故多达八处。且看贵妃醉脸、孙寿愁眉、韩令偷香、徐娘傅粉、汉皋解佩、纨扇题诗、屈平泽畔、陶令东篱，若是没有丰富的史学知识的沉淀，是不容易看懂这段词文的。李清照学识渊博，文如瀚海，将典故运用到了极致。通过对比衬托，白菊更加栩栩如生。

　　此词中最后两句"纵爱惜、不知从此，留得几多时。人情好，何须更忆，泽畔东篱"，非常耐人寻味。李清照这般怜花惜玉，却叹息花虽好而梦不长、情虽浓而留不住。屈原和陶渊明都是高风亮节之人，他们喜欢以菊自居。李清照的意思是说，若人人都能够高洁无瑕，就不必仰望屈原与陶潜了。可事实上，大多数人都做不到。此时的李清照，很有一番正己化人的志向。在她的情思里不仅仅只有闺怨，她在心田早已种下了一颗高洁的种子，在她生命里悄悄成长。

在李清照的文字花瓶里，除了菊，还有梅。大多数花朵都是以清水绿叶为背景的，但那一枝容颜清丽的梅花，却是别具一格。万花惧寒，疏影傲霜，锦绣梅朵，一枝别样。梅花注定不属于繁花似锦的世界，而是将自己的美丽尽情释放在雪中。风雪吹不散暗香浮动，凛冽冰天与料峭春寒反而成就了梅花。梅花在寒冷中存留了一缕春色，这便是人们喜爱它的理由。在缤纷的雪景中，当李清照的目光停留在梅花之上的时候，她与梅花之间已有了约定。

雪中的美，让李清照彻底爱上了冷风中的梅。她用细腻的心绪，采摘梅花瓣上洋溢的洒脱。冰天雪地里的梅花五彩缤纷，粉色是优雅，红色是秀丽，白色是纯真。

李清照拥有梅的性情，纵然寒风霜雪，也毫不在意。每当冰雪来临，李清照总会走出暖融融的闺房，去寻觅梅香。在风雪中旖旎的梅花，常常使她忘记了寒冷。

李清照的诗篇，是一片清秀的梅园。她的梅花词随处可见，如《减字木兰花》《渔家傲》《玉楼春》《孤雁儿》《临江仙》《满庭芳》《清平乐》等。梅的暗香几乎伴随了她一生。其中的《渔家傲》，在寒中舞雪，在雪里知春。

渔家傲

雪里已知春信至，
寒梅点缀琼枝腻。
香脸半开娇旖旎，
当庭际，
玉人浴出新妆洗。

造化可能偏有意，
故教明月玲珑地。
共赏金樽沈绿蚁，
莫辞醉，
此花不与群花比。

李清照挥毫，直教百花倾倒。能将梅花比作出浴新妆的美人，也许只有满怀浪漫的她能有如此才情。寒梅艳丽，明月玲珑，这是李清照用文字描绘的一幅画。据说这首词是李清照在1101年写成的，词中有月有花，正是花好月圆，那年正逢她与赵明诚喜结良缘。

除了菊的高洁和梅的傲骨，桂花的芬芳也会让李清照流连忘返。她的《鹧鸪天·桂花》着实赞美了桂花的淡雅和香气。

鹧鸪天·桂花

暗淡轻黄体性柔，

情疏迹远只香留。

何须浅碧深红色，

自是花中第一流。

梅定妒，菊应羞，

画阑开处冠中秋。

骚人可煞无情思，

何事当年不见收。

虽然暗淡轻黄，但是性格柔和；虽然情疏迹远，但是香气袭人，这是桂花的动人之处。此时，梅的坚强或是菊的高傲，都已稍逊于桂花的清香。所以，她把一句"自是花中第一流"送给了桂花。

李清照的诗词花海，不限于菊花、蜡梅、香桂，她也曾经将心事写给海棠、银杏、荷花。李清照就是一位花仙子，有她在，就有鲜花盛开。李清照的每一句诗，都充满了花香记忆。

花开，是因为读懂了人的喜悦；花谢，是因为体悟了人的悲伤。这是花儿的灵性，也是人们爱花的理由。在缤纷的花瓣上，有李清照最初的向往。她的灵魂与花儿融为一体，在岁月里共同承担起美丽和芬芳。

扫一扫
● 听朗读音频

一壶闲茶

水的炙热对于茶来说是一种苦涩，而茶就在这种苦涩中将美丽的颜色给予了水。茶叶一边汲取水分，一边释放生命的颜色，最终从容地舒展、自由地绽放。

月照一池水晕，风弄几枝花影。坐拥一室清雅，李清照喜欢在宁静里赏花，更喜欢在悠闲中品茶。当年她坐在宁静的书舍中披锦衣，拨瑶琴，燃瑞脑，品香茗。

江清月明风吹梦，花淡香浓水煮茶。中华茶道博大精深，妙义无穷。飘香时，芬芳似桂，悠远如兰；入喉时，齿间留韵，舌底泛香。品茶之时，如进入一道清心之门，似开启一扇灵意之窗。唐代诗人元稹在《一字至七字诗·茶》中称其为"慕诗客""爱僧家"。从一字到七字，从平地到宝塔，意境渐

116

趋深邃，心灵步步升华。

一字至七字诗·茶

茶。

香叶，嫩芽。

慕诗客，爱僧家。

碾雕白玉，罗织红纱。

铫煎黄蕊色，碗转曲尘花。

夜后邀陪明月，晨前命对朝霞。

洗尽古今人不倦，将至醉后岂堪夸。

现代讲究泡茶艺术，其意境是非常深邃的。紧锁蜷缩的茶叶，如同纤纤的指尖在水中回转，如同脉脉的烟眉在湖畔流连，最终渐渐伸展、升腾。水的炙热对于茶来说是一种苦涩，而茶就在这种苦涩中将美丽的颜色给予了水。茶叶一边汲取水分，一边释放生命的颜色，最终从容地舒展、自由地绽放。而茶没有因为被释放而消失，水没有因为被汲取而干涸。经历过高温和辗转，茶拥有了淡然与从容。最终，水变美了，茶升华了。先蜷缩后伸展，先苦涩后甜美，品茶的同时其实就是在品人生。

宋人有一种独具匠心的茶道，叫作分茶，又叫点茶。这种茶道，是将茶研成粉末，经过筛选之后放入茶盏，注入少量滚水调成糊状。然后继续注入滚水，同时使用茶筅进行击拂或搅拌，最终在表面产生乳白色的泡沫，优雅的宋人称之为"雪涛"。宋人饮茶，喝的是这种水乳交融的茶汤，所以饮茶又叫作吃茶。

点茶的精妙之处是可成字画。茶怎么能够作字画呢？乍听起来有些不可思议。原来，茶汤泡沫在沸水冲击和茶筅击拂下能够幻化成各种图案，时而栩栩如生似花鸟，时而飘若行云如草书。所以，这种茶道又称茶百戏或水丹青。虽然图案瞬间即逝，但这种艺术手法精妙绝伦，令人神往。宋人喝茶，以茶汤成画，不仅喝出了茶香，更喝出了境界。

当年的艺术盛典，在宋词中得到了无尽的显现。李清照词中有一句"当年曾胜赏，生香熏袖，活火分茶"，宋朝的点茶作画对于茶品、水质、火候、水温、击拂力度等都有讲究，此茶道需要高超的手法。由此句可以得知，李清照虽欣赏这种茶道，但她自己并不是一位点茶作画的高手。

无须过多的言辞，也无须一场细雨，几行诗歌便会浸透世间的温情。擅长咏物言志的李清照，没有一首词是通篇写茶的，只是将其穿插在行文中点缀一段优雅。每当她提到茶，就会让整段词文读来有一种绵绵的醇厚之感，且看言语淡淡而诗意沉沉的《小重山》。

小重山

春到长门春草青，

江梅些子破，未开匀。

碧云笼碾玉成尘，

留晓梦，

惊破一瓯春。

花影压重门，

疏帘铺淡月，好黄昏。

二年三度负东君，

归来也，著意过今春。

　　雅致的宋朝，万物皆有美称，此处的碧云就是茶团的雅名。笼碾是将茶磨制成粉的工具。春已至，春草已青，江梅初绽。清晨时分，晓梦尚存，李清照回忆着昨夜的梦，饮下满满一杯春色。花影压重门，疏帘铺淡月，李清照陶醉在这分外温婉的黄昏中。两年三度负东君，东君意为太阳，这里指春神。为何两年有三个春天？其中有一年为闰年，有两个立春之日。

　　一句"归来也，著意过今春"，让这首词的写作背景有了争议。到底是谁归来？是李清照自己还是夫君赵明诚？一说是在李清照婚后，朝廷党人之争越演越烈。因为受到政治牵连，她被迫与赵明诚分居两地，一度陷入相思之苦。三年之后云开日出，党人解禁，李清照得以回京，二人方能团圆，此词似是夫妇重逢之后所作。又一说是赵明诚二十二岁时出仕为官，两年后返回京师，李清照欣然提笔。然而不管何种情形，李清照都是一位重情重义的女子，默默忍受了一次又一次的爱别离。在孤独的日子里，她与茶之间形成了一种特殊的默契。

以宋朝人的精致来推断，茶汤的味道应该不亚于现在香浓可口的黑芝麻糊。宋人不仅有文采，而且有口福。充满诗意的日子，茶香伴人，充满情怀。李清照把诗情画意研成了茶粉，注入时光的水中，拂出浓浓的香韵。她这一杯茶，饮醉了所有人。

扫一扫
● 听朗读音频

红袖添香

　　琥珀美酒香浓，人未醉意先融，耳畔几声晚钟随风。香消人醒，发髻蓬松。在夜深人静中，一个是我，一个是烛红。尘间还有多少情思没读懂，还有几行清泪未倒空？只恨往事太匆匆。

　　香是人们生活中的常见物。当一炷香被点燃时，但见轻云纤柔，清香涌动。袅袅轻烟犹如一道疏帘，隔断了尘嚣，朦胧了往事。烟尘淡淡，灵气冉冉，一场悠远相随，几幕美丽缱绻。此处有轻烟，无语胜多言。在花香茶的淡雅里，语意也变得清幽了。

　　几番沉浮成水墨，一抹是非化烟云。置身于香培玉琢的世界里，尘劳与喧嚣会渐渐平静下来。心情随着流云一般的

121

轻烟，轻轻伸延，直至灵魂对世事变得宽容起来。斑驳的流年或是凝重的心扉，面对这等无上的绵柔，也会化为乌有。尘世几多飘荡，可以让心灵放松和沉淀的，便是一炷香的时光。

若不把文雅发挥到极致，实在是辜负了宋朝的岁月。香道的精深，也是宋朝文化登峰造极的标志之一。香的用途极广，可以安神定气，可以健体清心，可以熏衣，还可以计时。"沉檀龙麝"为宋朝四大香料，多被上流社会的读书人视为知己。

宋朝焚香有道，有种方法叫作隔火熏香。这种香道，不是直接用火焚烧香品，而是把火隔开，以热熏香。先燃着炭墼，再用香灰把炭墼覆盖。用云母、银叶等作为隔火片，把香品放在上面，用炭墼慢慢加热，使得香气挥发。这时的香品不生烟尘，只留芬芳。

红袖添香本就是一种天人之雅，只闻香而绝烟尘更显境界。暗香有真意，佳人怎能不销魂？窗内古卷青灯，窗外月光似水，一位优雅女子以香炉为伴。纵有失意或是迷离，纵有思念或是忧伤，在她添香的一刻，成为一种无可替代的婉约。唐朝诗人毛熙震有一首《女冠子》，描绘出了一幅深院飘落花、纤手整玉炉的唯美画卷。

女冠子

碧桃红杏，

122

迟日媚笼光影。

彩霞深，

香暖熏莺语，

风清引鹤音。

翠鬟冠玉叶，

霓袖捧瑶琴。

应共吹箫侣，

暗相寻。

修蛾慢脸，

不语檀心一点。

小山妆，

蝉鬓低含绿，

罗衣淡拂黄。

闷来深院里，

闲步落花傍。

纤手轻轻整，

玉炉香。

　　一缕清香将心沏，禅意深深情更幽。有香的地方，便有
一种美妙的禅悦境界，词亦如此。李清照思绪细腻，笔法委婉，
她的灵感定是经过了香品的蒙熏。李清照笔下，几处瑞脑，

几处沉水，缭绕着她的心事。在离情闺怨与伤春悲秋之中，正是这些清香使她心静如水。

李清照在闲暇沐一卷雍容，熏一炉典雅，她可以暂且搁下倦意，尽享清香中镜花水月的浪漫与云窗雾阁的温馨。李清照的《浣溪沙·莫许杯深琥珀浓》中有一缕袅袅的瑞脑香，还有一缕袅袅的相思愁。她轻挽红袖，把瑞脑连同惆怅一并添入香炉。

浣溪沙·莫许杯深琥珀浓

莫许杯深琥珀浓，

未成沉醉意先融。

疏钟已应晚来风。

瑞脑香消魂梦断，

辟寒金小髻鬟松。

醒时空对烛花红。

琥珀美酒香浓，人未醉意先融，耳畔几声晚钟随风。香消人醒，发髻蓬松。在夜深人静中，一个是我，一个是红烛。尘间还有多少情思没读懂，还有几行清泪未倒空？只恨往事太匆匆。李清照的惆怅成了一缕香，袅娜飘荡。香若有情，就莫要间断，一直将人的美梦延续到清晨。

李清照的诗词宛如一簇簇柔美的花，开在她所有的哀伤里。她还有一首《浣溪沙·髻子伤春慵更梳》，笔调与上一首词大同小异。

浣溪沙·髻子伤春慵更梳

髻子伤春慵更梳。
晚风庭院落梅初。
淡云来往月疏疏。

玉鸭熏炉闲瑞脑，
朱樱斗帐掩流苏。
遗犀还解辟寒无。

庭院落梅，淡云疏月，流苏斗帐，红袖添香。李清照的诗词，层层叠叠尽是优雅。多少夜晚，李清照用香炉温暖孤单，用瑞脑燃尽凄凉。红袖添香，添的是优雅，增的是温情，却数不尽香断后的寒炉、凉枕和空梦。李清照本想诉说一个个伤春悲秋的故事，不想自己竟成了其中一景。

略有些阅历的人，就能体味到清闲是一种莫大的福分。喧嚣三千，若能手揽闲暇，斟满幽静，饮下自在逍遥，是何等的潇洒。有时真的很羡慕李清照，她前世一定是个好善乐施之人，否则今生怎能出身高贵而又才华无边？

有了一缕香的陪伴，她在离愁别绪里将往事写成了动人的歌。她的命运虽然充满曲折，但是"酒阑更喜团茶苦，梦断偏宜瑞脑香"的从容以及"当年曾胜赏，生香熏袖，活火分茶"的安逸，让她的词韵与香气合二为一，成为岁月抹不去的记忆。

女人与酒

她是一只美丽的飞蛾，酒精成了黑暗中的一点明火。

穿梭在尘世，多少疾行客，多少追梦人。轩窗内依稀的烛火，闪烁着悲伤或是寂寞。

李清照的诗词是花，是香，是春风，是秋雨，也是一杯醉人的清酒。纵观李清照的诗词，竟有一半以上与酒有关。李清照的笔墨旁，一定斟满了玉液琼浆，在她的烛火中满目琳琅。李清照的酒写得美，绿蚁沉盅、琥珀香浓、青州从事、扶头老酒……这么美妙动听的文字，使得酒不再是酒，而是文化。李清照的文字实在是美妙，可化俗为优，可转愁为雅。

才华横溢的李清照为何与酒结下不解之缘？陶渊明有饮酒作诗的习惯，曾经担任过江州祭酒。顾名思义，祭酒之职与酒水密切相关。陶潜对酒有研究，更有感触。他曾经接连写下二十首饮酒诗，借此抒怀。李清照对陶渊明十分尊崇，她的酒兴自然会受到陶渊明的影响。

有人认为李清照在少年时就开始品酒，依据是《如梦令·常记溪亭日暮里》中的"沉醉不知归路，误入藕花深处"。这首词被公认是李清照婚前的作品。若年轻的李清照因为饮酒过多而显露醉态，真是抹杀了婉约词后的矜持。年幼的她只是少年不知愁滋味，与酒并无交集。所以此词中的"沉醉不知归路"，是她深深迷恋于美景而忘记了来时路。

李清照的饮酒习惯是在婚后逐渐养成的。随着阅历的增加，她懂得了伤春悲秋，当往事难抵春寒秋凉时，她开始借酒消愁。

酒似一道回廊，且待游子徜徉。诗中仙往往都是酒中圣。李白、杜甫、韩愈、柳宗元等，无一不是酒中豪杰。而作为李清照师祖的苏轼，更是把酒比作"扫愁帚"和"钓诗钩"，文豪的恋酒情怀由此可知。

古时文坛，诗酒纵横。陶渊明的二十首《饮酒》、李白的四首《月下独酌》、白居易的七首《不如来饮酒》、杜甫的《饮中八仙歌》、王维的《渭城曲》、柳永的《雨霖铃》，使人醉了千年。往事难追，但可回味。李太白居士的《月下独酌》也许就是李清照词文的百年酒曲。

月下独酌

花间一壶酒，独酌无相亲。

举杯邀明月，对影成三人。

月既不解饮，影徒随我身。

暂伴月将影，行乐须及春。

我歌月徘徊，我舞影零乱。

醒时相交欢，醉后各分散。

永结无情游，相期邈云汉。

　　此情此景有两个字可以形容，那就是"醉美"。当花间一壶酒映入眼帘，已经使人未饮先醉。举杯邀明月，更是浮现清幽。当李清照读到这首诗时，也是如醉如痴了。这类诗就像是皎洁的月光，时时刻刻陪她一叙惆怅。

　　在人们的印象中男女毕竟是有区别的，男人可以鲸吞豪饮，女人则不能汪洋恣意。男人可以高呼"将进酒，杯莫停"，女人只能是"三杯两盏淡酒"。但李清照是一位特立独行的女子，即便她没有海量，但面对杯盏她并非那么矜持。闺阁内外，她常借酒抒情。她喝出了春寒，喝出了秋意，也喝出了女人最揪心的相思苦、离别痛。在《念奴娇·春情》里，李清照的惆怅化成了酒香。

念奴娇·春情

萧条庭院，

又斜风细雨，

重门须闭。

宠柳娇花寒食近，

种种恼人天气。

险韵诗成，

扶头酒醒，

别是闲滋味。

征鸿过尽，

万千心事难寄。

楼上几日春寒，

帘垂四面，

玉阑干慵倚。

被冷香消新梦觉，

不许愁人不起。

清露晨流，

新桐初引，

多少游春意。

日高烟敛，

更看今日晴未。

这又是一幅寂寞春闺图，一代词后在庭院深处撰写凄美，诗意在寂寞里落红成阵。而那分酒意，更是把春寒彰显得淋漓尽致。李清照把酒走笔，点破春意。庭院萧条，风雨淅沥，一道重门将诗人锁进了忧愁。门外宠柳娇花一片春色，门内酒意诗情几许寂寥。李清照百无聊赖，只有借饮酒写词来打发时光。然而词成酒醒之后，闲愁卷土重来。夜里醒后再睡去，怎奈被冷香消，又激醒了愁人。晨露与梧桐唤起了李清照的游兴。日已渐高，雾已渐退，看今日是否是个晴天。

　　《世说新语》中有一句"清露晨流，新桐初引"，这清新的文字如飞花一般在她的心间飘过，于是她再也忘不掉了，索性将这一句完整地拿到自己的诗词中，来装点迷人的春景。

　　长夜漫漫，无心睡眠，那无尽的愁绪，且以酒分担。月光下，是女人与酒。每当无处话寂寥时，她面对杯盏一晌贪欢，只为瞬间的逍遥。李清照真的希望酒精可以帮她溶解掉一切烦恼，若是醉了，就不知道什么是愁了。但是她又害怕饮酒，短暂的沉醉过后便是梦醒时分，醒来只怕又要去承受相思之苦。既然饮与不饮都是痛，她便姑且选择了前者。李清照爱上了酒，同时也饮下了愁。李清照品绿蚁新酒之后写下的那篇《行香子》，在秋风里愈发委婉。

行香子

天与秋光，

131

转转情伤，

探金英知近重阳。

薄衣初试，

绿蚁新尝，

渐一番风，

一番雨，

一番凉。

黄昏院落，

凄凄惶惶，

酒醒时往事愁肠。

那堪永夜，

明月空床。

闻砧声捣，

蛩声细，

漏声长。

"天与秋光，转转情伤，探金英知近重阳"，若能有琴瑟和鸣，绝对可以呈现一曲古典之美。李清照披上秋衣，品着绿蚁，感受着一番风雨一番凉的秋意。黄昏院落本就凄凉，更不堪半夜酒醒之后的忧伤，只听得妇人捣衣，草虫鸣叫，更漏滴水。

"抽刀断水水更流，举杯消愁愁更愁"，李清照不会不知道这句名言。然而她无论多么有才华，在无尽的深夜也只是一个小女子，她的脆弱从未离去。她饱尝黑夜的苦涩和寂寥，所以宁可在半睡半醒之间赏花或是走笔，也不愿在清醒中虚度时光。她是一只美丽的飞蛾，酒精成了黑暗中的一点明火。

穿梭在尘世，多少疾行客，多少追梦人。轩窗内依稀的烛火，闪烁着悲伤或是寂寞。李清照真的想改变世界，但不曾想到世事如此凌厉。在风云变幻中，她终成为一颗黯然的孤星。纵横天涯与沦落江湖之间的落差，让她在山水里和烟雨中悲伤着时代、悲伤着自己。孤苦的她，在岁月中慢慢积攒人生故事，借手中的那支笔将心事倾倒在宣纸上。

没有哪一个人甘愿沉浸在长期的愁闷中，每当忧愁的潮水涌来，李清照只想离开那个脆弱的沙滩，去寻找欢乐的海洋。她义无反顾地醉倒，让酒去冲淡种种伤痛，从而得到片刻的释然。与其说她喜欢饮酒，不如说她依恋那醉酒的滋味。

李清照愁的是家事国事天下事，而闺阁中只有风声雨声读书声。花间一壶酒，隔不断凉秋。酒不是灵丹，举杯消愁，却不堪秋心。三巡过后，仍是身影消瘦、愁容依然。才子们本想戏谑一回酒，然而却被酒戏谑了一回。

唐宋时期，除了传统的米酒，也出现了蒸馏酒。但不管是酿制酒还是烧制酒，过量必成伤，长期浸泡在忧虑和酒精中，身心必然受损。李白终年六十一岁，王维终年六十岁，苏轼终年六十四岁……

在唐宋时期，寿至花甲虽然也算长寿，但是这些耀眼的文坛星宿大多是病故，部分原因当归咎于酒精。李清照饮酒的习惯最终让她的身体渐渐不能承受，中年之后的她病袭一身。秋风拂过李清照柔弱的肩头，听取她的心忧。当年的豪情壮志，应是一度抛在云外了。

在清风明月中细读李清照的闺阁诗词，就好像乘着古典的韵律，穿越了广漠的时空。李清照的书桌上，依旧是杯盏和笔墨。人们读她的文字，小酌她的忧愁，同她一叙千年的婉约。

扫一扫
● 听朗读音频

秋心梧桐

秋风沾惹，叶子不躲。叶子轻轻飘落，细说一番秋色。

叶的飘散，究竟是在归程里轻叹，还是在启程中默然？难道秋风真的是过于凄凉，所以才撩起了落叶的忧伤？

梧桐一叶落，天下尽知秋。最能够修饰秋天的，除了湛蓝的天空和淡雅的秋菊，当属梧桐了。梧桐象征高贵、爱情和离愁，古人喜借梧桐入诗，用来表达万分情思。于是，秋风中的梧桐树成为一种秋天的意象。

秋风沾惹，叶子不躲。叶子轻轻飘落，细说一番秋色。当梧桐落叶铺满庭院或是街道时，叶的层叠与斑驳分明是秋季的沉稳肃静和浪漫典雅。秋心似水的人总会放慢脚步，欣赏浮在落叶上的秋天。

秋没有夏的热，不似冬的寒。此时的夜，初凉尚未严寒；此时的花，初垂尚未凋谢。而刚刚离开树梢的叶子，恰好吻合了秋的委婉。秋风是苦涩与执着，是忧愁与恋歌，而落叶是已经讲完或是没有结局的故事，也是短暂或是长久的承诺。

宋朝市井的街道两旁梧桐成荫，而大户人家的庭院内会栽种梧桐树。习习的秋风，吹起了瑟瑟的诗意。此时的落叶仿佛是诗人的思绪，任凭秋风的手指梳理。叶落时分，李清照的心一定是与落叶缠绕在一起的，同时被锁在秋色之中。在她的词句中，梧桐频现。"梧桐落，又还秋色，又还寂寞""草际鸣蛩，惊落梧桐""寒日萧萧上琐窗，梧桐应恨夜来霜""梧桐更兼细雨，到黄昏点点滴滴"……李清照在秋的苍凉里添了一笔梧桐和愁思，让整个秋天有了质感。

叶的飘散，究竟是在归程里轻叹，还是在启程中默然？难道秋风真的是过于凄凉，所以才撩起了落叶的忧伤？李清照的《忆秦娥》，用梧桐的落叶把秋色变浓，让沉默飘零在秋中。

忆秦娥

临高阁。

乱山平野烟光薄。

烟光薄。

栖鸦归后，

暮天闻角。

断香残酒情怀恶，
西风催衬梧桐落。
梧桐落。
又还秋色，
又还寂寞。

流水起伏，岁月兴衰，秋色远近徘徊。李清照独自伴着秋风，登楼凝望，但见乱山平野，云稀烟薄。烟云中，栖鸦归巢穴，号角传声。香燃尽，酒喝干，秋风吹落叶，也吹起了李清照的意乱心烦。

此词创作于李清照南渡之后。黄花残，梧桐落，一种忧愁，几年离索。似乎只有在秋季她才能更完整地表露心情。写词的人，心情只是一片暮色。她的那些陈年往事总会在秋季用落叶勾起忧伤，只是秋风不屑憔悴的面庞和闪动的泪光。

叶随秋风飘飘荡荡，人随缘分来来往往。历尽沧桑之后，才知道世事渺茫，才知道人生容易片刻成伤。若是无花无酒，无叶无风，想必李清照的诗词会少了许多灵与美。李清照就像是秋风，而她的文字就如同落叶，飘过了千年，至今人们仍能够感觉到一分秋凉。李清照写了一首关于七夕的词，叫作《行香子》，她将这段文字献给秋天和自己。

行香子

草际鸣蛩，惊落梧桐，

正人间、天上愁浓。

云阶月色，关锁千重。

纵浮槎来，浮槎去，不相逢。

星桥鹊驾，经年才见，

想离情别恨难穷。

牵牛织女，莫是离中。

甚霎儿晴，霎儿雨，霎儿风。

读到这里，人们体会到李清照的秋天是属于梧桐的。李清照开篇用梧桐引出一段愁，直指星空。人间梧桐落，天上千重锁。牛郎织女，相逢一次竟是那么难。而人间的那些痴男怨女，谁没有在离情别恨之中煎熬过？

风载落叶，梦浸秋泽，写这首词的李清照正值儿女情长之时，因为通篇是她浪漫的词语和清瘦的思念。而那年七夕，李清照是自己度过的。每当邂逅孤独，她就会用笔墨驱散冷风。叶子蜷缩，一如她眉头紧锁。花好月圆，被秋风吹乱。往事积攒了无数的泪滴，仿佛随时都能飘落成细雨，打湿片片落叶。既然往事不堪回首，那么又何必太在意往事呢？何不潇洒地向昨日挥手，让过去永远过去吧。

人们守望她的文字，有时也会质疑，李清照是不是把秋季看得过于沉重了？这位被人称为"三瘦"的女子，会有多少力量去承受凉凉的落叶？然而人生漫漫，总会有几片落叶落在她心中最痛的角落。落叶会忧伤，会孤单，会枯萎，因为它不再拥有曾经的绿色与光泽。但叶子将绿色给了春和夏，坦然地飘进秋与冬，此时叶子的枯萎成了一种风骨。秋的落叶，落而未陨，枯而未败，伤而未绝。在飘落的过程中，叶子看到独特的风景——离开是为了相聚，飘落是为了升华。

李清照虽然是一片落叶，但她在飘落的过程中能够自我疗伤。毕竟她也是个热爱生活的女子，懂得发现生活中的美。那些苦痛和无奈最终都会转变为一杯酒或是一盏茶。曾经年少不知愁，而落叶教她学会褪去傲慢，学会在时光里俯首。经过几番人生的沉淀，面对时光的决绝，她才能拥有几分心如止水，才能在岁月里插素雅的花，燃清芬的香，品淡然的茶。

扫一扫
● 听朗读音频

皎
月
初
斜

　　一位如月一般的女子，在月光的怀抱中，定会动用笔墨去造就几番诗意。

　　多愁善感的人，往往会用多愁善感的文字去填满整个世界。李清照的词句如一阵阵秋风细雨，裹着些许无奈和苍凉，掠过你我的屋檐。她的文字像无声的潮水，不断地刷新着词人的孤独感。

　　如果以物喻人，那么以明月形容李清照是不为过的。月是夜空明净的青灯，又是夜空莞尔的花瓣。李清照既儒雅又清瘦，所以她像极了一弯纤细的新月。她的千般相思和百般柔肠，全部遥寄在如水的月光中，向人们传递着丝雨般的心痛与留恋。

140

一位如月一般的女子，在月光的怀抱中，定会动用笔墨去造就几番诗意。李清照的目光与洁白的月光相逢，整片夜色都会优雅起来。当她心向明月时，当她对酒当歌时，人与月之间的默契已经跃然于纸、一览无余了。

李清照现存的诗篇并没有专写明月的，她没有"海上生明月，天涯共此时"的宽广，没有"人有悲欢离合，月有阴晴圆缺"的顿悟，也没有"月上柳梢头，人约黄昏后"的浪漫。但是，她的《一剪梅》中有月满西楼，《怨王孙》中有皎月初斜，《小重山》中有疏帘淡月，《诉衷情》中有人悄月依，《浣溪沙》中有花光月影……

李清照的词往往是色泽丰润的，美酒花香，明月西楼，一应俱全。她喜欢用多重元素打造诗词的意境。虽然她词中的月光并不显眼，但是每当月光在她笔下登场时，都能将通篇照亮，更是温暖了世间的人文情怀。所以，月光是她诗词画廊里不可或缺的色调。

有一首词，将她的相思与离愁统统转化为了优雅，那就是《一剪梅》。那一刻月光如水，照见思念纷飞。

一剪梅

红藕香残玉簟秋。

轻解罗裳，

独上兰舟。

云中谁寄锦书来？

雁字回时，

月满西楼。

花自飘零水自流。

一种相思，

两处闲愁。

此情无计可消除，

才下眉头，

却上心头。

　　星辰的指尖轻轻放下夜的垂帘，就是李清照相思的开始。而相思和寂寞难以抵挡她丰富的想象力。天边的云朵遥不可及，谁会从那边捎来家书呢？想必只有大雁和明月了。

　　李清照为爱付出了真情，她愿意随他一起奔走天涯，也甘心把孤独留给自己。可她毕竟不是普通女子，虽然闺阁是她当前的归宿，但她的寂寞与相思已飞出了这个狭隘的空间，随风飘去远方。

　　秋风传歌，落叶漂泊，而李清照伫立在西楼轻吟寂寞。李清照独上西楼，但见清风拂其袖，月光映其眸，处处闪烁着极其美丽的古典元素。而《怨王孙·春暮》中皎月初斜的美丽，丝毫不逊色于月满西楼。

怨王孙·春暮

帝里春晚，

重门深院。

草绿阶前，

暮天雁断。

楼上远信谁传？

恨绵绵。

多情自是多沾惹。

难拼舍。

又是寒食也。

秋千巷陌人静，

皎月初斜，

浸梨花。

在诗词创作的漫漫路途中，李清照走在用文字垒砌的石
阶上，伸手触摸清风。相比她笔下的明月，那些春花秋树或
是夏雨冬雪，全都略显黯然。"秋千巷陌人静，皎月初斜，
浸梨花"，只此一句，便可美到极致。她就是一轮美丽的皎月，
而人们的心已经成为那朵梨花。

新月是初心，满月是彼岸，月晴是微笑，月缺是酒窝。

总之，月亮是夜空中的国色天香，不管在何种角度，人们总会为之倾倒。她的《诉衷情·枕畔闻梅香》，便是词女清唱的月光曲。

诉衷情·枕畔闻梅香

夜来沈醉卸妆迟，

梅萼插残枝。

酒醒熏破春睡，

梦远不成归。

人悄悄，

月依依，

翠帘垂。

更挼残蕊，

更捻余香，

更得些时。

李清照虽然表面上对月光惜墨如金，但已将对月光的情致表达得十分完备了。舟过山已远，人行月相随。夜色正浓，李清照无眠，只有月光伴其左右。李清照的悲欢似流水，她种下的花儿又经历了多少春秋来回。初见时，微风拂叶，月光照雪；再回首，燕过花垂，物是人非。月光如同一溪流水，流不完记忆中的美，而李清照的月光，是一盏异常温暖的灯。

　　许多人在追赶憧憬的时候，不小心被现实碰伤。而在李清照的生命夜空中，似乎有太多关于残月的故事。谁也躲不开阴晴圆缺，谁也绕不过悲欢离合。李清照只是一叶动人的浮萍，而月光愿为她打开心扉，去接纳她的惆怅。

　　人们在李清照的词句中感受优雅之时，也揣测着她的性格。她并非贪图一时功名，可也做不到心外无物，否则她不会有那么多离恨闲愁。然而，从多愁善感的文字里，流露出李清照娓娓的善意，那是她生命的本色，就如同月光。一个与善良无缘的人是不会懂得优雅的，所以即便作为一叶浮萍，她也可以心怀清澈漂向四方。

第五篇

世事无常如烟云

世事/
无常如烟云

宦门沉浮

在才思如云、柔情似水的岁月里，有温暖的阳光，也有冰冷的霜雪，阴霾转眼就会将晴空染成忧郁的颜色。

宋朝重用文人，文人厚禄养廉。李清照的家族是当时的达官显贵，亲友们大都身居要职。父亲李格非任礼部员外郎，相当于教育部副部长。而李清照的夫君赵明诚的家世更加显赫，其父赵挺之乃当朝宰相，两个兄长也是身居高位。大哥赵存诚是广东安抚使，掌管全省军政，相当于省军区司令，同时又兼任广州知府。二哥赵思诚是中书舍人，相当于中央办公厅主任。而赵明诚其他的亲戚也在京师或地方为官。

宋朝是文人的天堂，降生到宋朝也许是文人们最大的福分了。但是宦海行舟，世事难料。在才思如云、柔情似水的岁月里，有温暖的阳光，也有冰冷的霜雪，阴霾转眼就会将晴空染成忧郁的颜色。

中国历史上经历了六次著名的变法。每次变革都是毁誉参半，对于支持者来说是春风，而对于反对者来说是飓风。1069年，王安石开始实施变法。满朝文武对于变法褒贬不一，并逐渐形成保守派与革新派。两股势力纷争无休，变法运动使得宋朝宦海暗流涌动，而李清照正是出生在这个时局动荡的时代。

变法导致朝中派别分化，而宋朝历任君王对待变法也是褒贬不一。短短几十年，宋朝上演了"你方唱罢我登场"的一幕。昨为凌空明月，今成落地黄花，兴衰转换，此起彼伏。

韩琦与苏轼均是保守派，李格非尊师重道，他与恩师同路同心。1102年，也就是李清照与赵明诚喜结连理的第二年，原本趋守中道的宋徽宗开始倾向于革新派，保守派厄运降临。

时人将革新派称为"元丰党人"，将保守派称为"元祐党人"。此时，朝廷设立"元祐党人碑"，碑上刻有保守派人员的姓名。从此，元祐党人被彻底视为奸臣佞党。后来，李格非也不幸被列入元祐党人。城门失火殃及池鱼，李清照也受到了牵连。

赵挺之趋炎附势，紧随皇权。当保守派被打压时，他就落井下石。李清照与赵挺之曾有嫌隙，朝廷禁锢和驱逐元祐党人，赵挺之推波助澜，李清照被遣回原籍。李清照毕竟是赵明诚的夫人，他对父亲赵挺之的绝情也是心有不满，但他生性懦弱，对此无可奈何。

李格非为官一世，气节高雅，作风清廉。他万万没想到，自己在党朋之争中最终落得一个被罢官免职的结局。1105 年，他抑郁成疾，不久便驾鹤西去，只剩庭院青竹飘摇，故乡泉水呜咽。

李清照的生母早年离世，李格非对待女儿既是慈父又是慈母。李清照之所以能够在文坛脱颖而出成为宋朝词后，是因为有一位慈严相济的父亲。若没有李格非的言传身教，李清照不可能成就非凡。父亲就是一棵大树，呵护着她的成长。若是这棵树不在了，小树独自面对风雨，还能够坚强下去吗？

李格非去世，而宋朝的党争并未结束，文武百官几乎无人不受牵连。赵挺之虽然权高位重、处世圆滑，但在这风雨不定的政局中亦未能幸免。佞臣蔡京（1047－1126 年）与赵挺之棋逢对手，两个人在朝廷中争权夺势、相互倾轧。1105 年春，蔡京得势。赵挺之于是年六月引疾罢官。仅过了半年多，朝廷毁碑解禁，对元祐党人大赦天下。蔡京失势，赵挺之官复原职。1107 年三月，赵挺之又一次被罢官，几经沉浮让他心力交瘁，最终抑郁成疾，在悲愤之中离世。

赵挺之病逝三日后，即被佞臣诬陷，去世后的赠官也被追夺。而赵挺之的家人，有的入狱，有的被罢官。赵明诚也难逃厄运，被革职后，不能继续留居京师了。

李清照成长在繁华庭院与功名花园中，曾享尽人间的富庶与阳光。然而阴霾突然降临，蛮横地干扰了她平静的生活。五年之内，李格非与赵挺之相继离世，赵、李两家均失去了顶梁柱，家道从此开始衰落。

官场的尔虞我诈令李清照感到绝望，宦门沉浮成为夫妇二人的切肤之痛。其实李清照不知，风雨才刚刚开始，前方还有一段更为艰辛的历程。天将降大任，必先用苦难去磨炼一个人。只是当年李清照认知清浅，无法解读上苍的用意，暂且只能做一叶浮萍，随波逐流。

扫一扫
● 听朗读音频

靖康之变

刀光剑影赴沙场，文山墨海抒胸怀。

李清照的爱国热忱，透过黄昏，透过黑夜，与阳光一起照亮清晨。

李清照是幸运的，她所处的时代国风儒雅；李清照也是不幸的，她所处的时代战火连绵。宋朝岁月，既如火如荼，又如梦如烟。但是，静到了极致就是动的开始。风波平地起，荣华难长久，命运中潜伏着太多意料之外的事。时代确实赋予了李清照无限的才情，却也带给了她无限的悲伤。

宋朝疆域，山水如画。李清照的家风忠厚淳朴，她深受熏染。面对千里江山，她自然有一颗报国之心。大宋正值内忧外患之际，朝廷内部党羽对垒，疆土之外金人觊觎。而且

153

皇上好大喜功，极其奢华，导致国力空虚。

宋徽宗赵佶是北宋一位颇具艺术情结的皇帝，然而他却不善朝政。俊逸才子错为风流君王，一颗文艺之星就这样阴差阳错地投胎到了皇室。宋徽宗对文学倍加推崇，对风雅趋之若鹜。琴棋书画诗酒茶，他样样精通，均有一定的造诣。尤其是在书法领域，他独创了"瘦金体"。徽宗的瘦金体，笔锋瘦削，字体遒劲。在徽宗的影响下，人们纷纷贬武崇文。

这位君主，爱王权更爱风月，爱江山更爱美人。徽宗自幼饱读诗书，虽然也知道君王应该一切从简、居安思危，但是最终欲望占了上风。宋徽宗一生追逐文雅，然而他文而无质，雅而不儒。他的这一艘船，在海面上变得孤立无助。他习惯了安逸，浑然不觉一世的昏聩会将自己带向何方。

就在举国上下歌舞升平的时候，北方一个游牧民族正在崛起，这就是女真族。大宋万万没有想到，这个民族有朝一日会成为宋朝的梦魇。

女真族是个善于开拓进取的民族，他们早就在暗中窥视宋朝，一直在为入侵做准备。当时，宋、辽、金三国形成了对峙的局面。金人与辽人征战多年，因为宋强辽弱，金人一直想与宋联手灭辽。最后，"张觉事变"成为战争的导火索。张觉原为辽国将领，后来投靠了金，1123 年又欲投宋，但最终事败人亡。两年之后，这成了金朝伐宋的借口。

1125 年，金灭辽，而后大举进攻北宋。宋徽宗在这个危亡关口，把皇位让给了二十六岁的长子赵桓，自己逃到了南方。赵桓在十二月十三日继位，史称宋钦宗。这个"钦"字的意思是由徽宗钦点的继承人。徽宗在此时出让皇位，不过是将钦宗当作挡箭牌。假如钦宗被俘，还有徽宗这个太上皇在南方主持政局。

宋军将领中不乏勇者，当时兵部侍郎李纲团结军民，击退了金兵的进攻。当击退金兵第一波进攻时，徽宗又回到了汴京发号施令。此刻的钦宗皇权在握，岂能甘心做一名影子皇帝？他一怒之下，软禁了徽宗。

宋钦宗向金朝求和，金人得寸进尺，提出很多苛刻的条件。钦宗嘴上应承，实际却未履行承诺。这让金人十分恼火，于是再一次出兵攻打大宋京师。金兵来势汹汹，而宋军长年缺乏训练，在战场上节节败退。1127年，金人大举南侵，俘获宋徽宗、钦宗父子，史称"靖康之变"，这标志着北宋的灭亡。是年，李清照四十三周岁。康王赵构（1107—1187年）是钦宗同父异母的弟弟。同年五月，他即位于南京应天府（今河南省商丘市），改国号为建炎，是为宋高宗，自此南宋开始。

"靖康"二字源自曾巩《襄州岳庙祈雨文》中"刪晦克谐于丰富，里闾皆保于靖康"一句。徽宗又何尝不希望国泰民安，于是用了"靖康"二字，希望天下安定。然而造化弄人，徽宗万万没想到乾坤逆转。当金人来袭时，北宋的锦绣河山在金人的铁蹄之下土崩瓦解。宋徽宗所向往的盛世隆邦，成了梦幻泡影。

国难当头，哀鸿遍野，民不聊生。宋人们记住了这个举国耻辱的时刻，史称"靖康之耻"，这成了整个民族心中永远的痛。

若是没有战乱，也许李清照不会有半世的流离；若是没有硝烟，也许李清照还在花前月下做着一个小女人的梦。血与泪，改变了世界，改变了人生。正是无情的战火，燃尽了李清照的故土，燃尽了李清照的安逸，却也燃起了她心中的热忱和笔锋的豪迈。她不能从戎，只能选择为国奋笔疾书。

当习惯了和平时，战争的残酷是不可想象的。李清照受到战火的胁迫而辗转于世，虽然哭过痛过，但她并未消沉。刀光剑影赴沙场，文山墨海抒胸怀。一个柔弱的女子，在沧海沉浮中，以诗篇明志，以笔墨御敌。在她的身边，人们的歌声与欢笑声从未停息，这让她在悲观里看到了曙光。李清照屡写爱国诗篇，用心中的悲愤去点燃岁月的激情。李清照的爱国热忱，透过黄昏，透过黑夜，与阳光一起照亮清晨。

孤雁单飞

天空用余晖表露情感，远方传来微风的轻叹。置身这红尘之中，如何才算是幸福，怎样方算是圆满？

都说"百年修得同船渡，千年修得共枕眠"，赵明诚与李清照缘定今生，这是前世修来的缘分。他们的相遇，是一场诗意的旅行。他们曾拥有金风玉露和花好月圆，但世事无常，这段缘分在靖康之变后不久便画上了休止符。

1129 年三月，赵明诚母亲在建康去世，夫妇二人南下奔丧。是年五月，赵明诚又被任命为湖州知府。官员守孝未满，上任之初需朝见皇上。于是赵明诚把家暂时安置在贵池，一人入朝受召。

1129 年六月十三日，赵明诚准备启程，李清照送他到河对岸乘马赴命。船到了岸边，赵明诚背上行李，舍舟登岸。他身披布衣，发绾头巾，衣冠简朴。他望向舟上的李清照，与之告别。李清照在《金石录后序》中写赵明诚在分别时"精神如虎，目光烂烂射人"。为何赵明诚此时精神亢奋且目光慑人呢？有两个原因，一是他曾经因失职被罢官，在李清照面前威信扫地。如今他再次被皇上召见，颜面得以重拾，终于在妻子面前扬眉吐气。二是守孝期间若承命出仕，需面见皇上，此时臣子可以向皇上提出条件，赵明诚兴奋不已。

赵明诚即将启程，此时李清照感到一阵心慌，她向赵明诚喊道："若城里局势告急，我该如何？"征战期间，人们伸出食指和中指形似战戟，以此做勇武状，叫作"戟手"。赵明诚伸出戟手，远远地答复说："跟随众人。实在万不得已，先丢掉包裹箱笼，再丢掉衣服被褥，再丢掉书册卷轴，最后丢掉古董，只是那些宗庙祭器和礼乐之器，须与自身共存亡，切记！"说罢策马而去，只留一地碎尘。

大敌当前，那些文物在赵明诚的眼中比妻子的性命还重要。一句"须与自身共存亡"如一瓢冰凉的水，让李清照心寒意冷。

六月暑天，酷热难当，赵明诚一路劳顿，不想竟得了疟疾。七月末，李清照收到书信，得知赵明诚染病。疟疾本身并不会致命，但疟疾容易使人发热。寒药可以降温，而赵明诚的体质不适合寒药，李清照很是担心他会盲目服药。于是，李清照立即乘舟南下，日夜兼程，行程三百余里赶到了建康。果不其然，赵明诚服用了大量寒性药材，由于错服药物，导致病症加剧。

李清照为夫君求医问药，但于事无补。此刻赵明诚已病入膏肓。他面黄肌瘦，精神恍惚，已是来日无多了。八月十八日，天色阴沉，秋风萧瑟，赵明诚奄奄一息。他眼望妻子，泪眼婆娑，长叹一声，与世长辞，享年四十八岁。

赵明诚去世之后，李清照心如刀绞，悲痛万分，提笔为他写下《祭赵湖州文》。其中有两句诗文，每句话都是一个典故，每个字都是一滴泪水。

　　　白日正中，叹庞翁之机捷；
　　　坚城自堕，怜杞妇之悲深。

襄州有位叫庞蕴的居士，他虔诚念佛，双盘而坐，据时往生。古代没有钟表，他让女儿观测太阳，随时向他汇报时辰。女儿对他说："太阳到正中了，还有日食。"待庞翁出门观看时，他的女儿"即登父坐，合掌而亡"。女儿不愿承受孤苦，所以先行离世。父见其状，夸其机智，庞翁延至七日之后乃亡。

杞梁妻哭夫，这是孟姜女哭长城的故事原型。往昔有个人叫作杞梁，作战牺牲。他的妻子面对城郭，涕泪痛哭。在哭声中，城墙竟然倒塌了。

赵明诚先行离去，已经感受不到离别之伤，而活着的人却要肝肠寸断。赵明诚可以在奈何桥将孟婆汤一饮而下，将曾经的爱情遗忘，而李清照却要将悲伤装满行囊，继续走在这条风雨未卜的路上。

爱一个人，才会爱上他的一切。李清照爱他的青涩，更爱他的志向。长久以来，他们二人的世界和美，他们的欢乐深深地融在了春天里。李清照别无他求，只想与他同渡一条河、同载一叶舟，从青涩到白头。他们的和美时光，成为很多人心中的星月童话。

曾经，赵明诚与她在梅花的见证下演绎了一段浪漫往事。李清照甚爱赏梅，而此刻她却要独自面对梅花。《孤雁儿》将她的悲切表现得淋漓尽致。

孤雁儿

藤床纸帐朝眠起，

说不尽、无佳思。

沈香烟断玉炉寒，

伴我情怀如水。

笛里三弄，

梅心惊破，

多少春情意。

小风疏雨萧萧地，

又催下、千行泪。

吹箫人去玉楼空，

肠断与谁同倚？

一枝折得，

人间天上，

没个人堪寄。

　　可怜的李清照，每逢睡起，眼前便是悲伤。香断炉寒，
她的心情此时如水一般清冷。梅花闻笛声而心伤，可叹当年
如胶似漆。然而，风雨催泪，人去楼空，断肠滋味向谁倾诉？
梅花代表对春天的向往，以梅枝寄他人表示期盼相聚。而在
这茫茫的天地之间，李清照已经失去了那个可寄梅花的人。

　　与赵明诚相伴二十七年，走过了笑和泪，挨过了悲与欢。
李清照习惯了与他一起品茗，一起拓碑帖，一起穿越山水和
时光。这段红尘之恋意犹未尽，却已蒙尘。李清照的生命里，
曾有白云、有蓝天，还有那个在清风中伫立的红尘伴侣，可
如今只剩哀伤、冷雨，还有一片无法摆脱的孤独。今后的路，
不管有多么艰难，都需要李清照自己去面对了。

　　天空用余晖表露情感，远方传来微风的轻叹。置身这红
尘之中，如何才算是幸福，怎样方算是圆满？红颜既是碧海，
又是薄雾，既是海誓山盟，又是过眼云烟。上苍为人间打造

了一个红尘，重复着一个又一个美丽而又朦胧的故事，而有智慧的人就是要透过这层美丽和朦胧，去找寻生命的本源。

颁金之诬

一个人，总会在苦难中遇见领悟。

大争之世，危机四伏。除了战火，还有一种看不见的硝烟，那就是流言蜚语。在乱世中，流言无情却又炙热，人们很容易被烫伤。流言制造者无非是想哗众取宠或是污蔑陷害。横飞的流言，让充满是非的世界更加混沌。

宋朝是文人的天堂，文人们权倾朝野，而且言论自由。在宋朝，信息传播技术已经比较发达。当时是有报纸的，官方报纸叫作朝报，民间报纸叫作小报。诗词可以通过报纸传播，然而流言也可以。自从开国皇帝赵匡胤立下了不杀文人的国法，有很多人就开始肆无忌惮、口无遮拦了。为了吸引人们的目光，他们夸大其词，虚构一些花边新闻。在动荡的时期，有些人甚至敢伪造诏书。

宋朝的天空忽明忽暗，霎时晴霎时雨，真文人和伪君子的对弈从未停息过。舞文弄墨是伪君子的惯用伎俩，他们不停地玩弄文字伎俩，制造口水战争。为了诬蔑真文人，伪君子在文字上不择手段。

高处不胜寒，风雨瞬间就会推倒繁华。李清照的家族与赵明诚的家族盛极一时，然而长期以来与人政见不合。戏剧化的是李家属于保守派，赵家属于激进派。两家既是亲家，又是对手。所以，李清照和赵明诚的结合，不管是保守派还是激进派，都会有人反对。饱受政治的干扰，这对伉俪分分合合、疲惫不堪。

有个学士叫张飞卿，是赵明诚的同僚。在赵明诚卧病之时，张飞卿看望过他，顺便拿来一个玉壶请他们夫妇鉴定。赵明诚鉴赏过后，告诉张飞卿这只是珉石，并非真玉。但是赵明诚认定此物品相极好，具有一定的收藏价值。

张飞卿希望手中的玉壶乃绝世珍品，必然不认可赵明诚的鉴定结果，而是继续加大对玉壶的吹嘘美化。不懂行情的人，都以为该玉壶价值连城。

就在赵明诚过世后不久，有人造谣说赵明诚买下了张飞卿的玉壶，李清照欲将此物献给金人贿赂通敌。好事不出门，恶事行千里，经过以讹传讹，"玉壶颁金"一事更像是真的了，为此还有人上书检举。大敌当前，若被安上叛国的罪名，后果将不堪设想。李清照很是惊慌，于是追随皇帝逃亡的路线，欲将所收藏的器物上交朝廷以证清白。她一路颠沛流离，想不到还没等见到皇上，毕生收集的文物就几乎损失殆尽了。

若是此次诬告成功，被告人轻则终身监禁，重则性命堪忧。到底是什么人如此险恶，要陷她于不义？李清照有八斗之才，而且多年收藏的文物价值连城。才高遭嫉，树大招风，造谣之人不外乎市侩小人和政治宿敌。

市侩小人心怀不轨，一直暗中窥视着李清照的文物。他们妄想通过诬告，迫使她低价将文物出手，然后趁火打劫。市侩小人只是图利，然而赵、李两家的政治宿敌的用心就更加险恶了。赵、李两家除了在政治上与人结怨，李清照的诗词竟然也埋下了祸根。李清照本性率真，喜欢在诗句中肆意表达自己。她的性情就像是玻璃，如此坚硬，却又过于透明。

李清照虽才华横溢，但在人情世故方面像是一张白纸。面对风雨，她没有一丝防备。当她的笔像清风一样掠过宣纸时，虽然留下了诗意，但也激起了风波。写下诗词之后她决然想不到，在不久的将来不得不面对笔下的尘埃。耿直的李清照起初并没有注意，她傲视一切的词文已经引起了很多人的嗔恨。赵明诚离世不久，李清照曾写下那首《孤雁儿·藤床纸帐朝眠起》。李清照带有序言的词并不多见，而那首词的序却十分惊人。其序言为：

世人作梅词，下笔便俗。予试作一篇，乃知前言不妄耳。

此词正文饱富深情，文采昭然，但李清照作此序的用意实在令人费解。杜甫、王维、李商隐、刘禹锡、苏轼、张耒等各路文豪，都曾吟诗作赋咏叹梅花。然而李清照直截了当地将所有人的梅花词定义为庸俗之作，然后标榜自己的词文不同凡响。她夫君离世，本来人们都很同情她，但她此言一出，就引来了斥责。

无独有偶，李清照的《词论》也是她命运中的一场波澜。李清照虽然自成理论，但对先驱们的杰出作品颇有微词。这篇《词论》就像一场飓风，吹散了文坛的宁静。李清照在当时已有名气，她的诗文颇具影响，而这种目空一切的言辞让很多人深恶痛绝。李清照虽然文采飞扬，但是性情乖张，这几乎成了定论。

她还有一首《鹧鸪天》，本是赞美桂花，但其中有一句"骚人可煞无情思，何事当年不见收"也让她饱受争议。她说屈原情思不足，在《离骚》中只字未提桂花。看得出来，李清照对谁都敢加以评判，这便是她的特立独行。

自古文人相轻，而李清照又过于口不择言。她并非有意去伤害谁，可她的率真随性确实为人生添了伤痕。曾经的政治宿敌更是耿耿于怀，总想趁机对其打击报复。

清者自清，浊者自浊。无凭无据的诬陷是站不住脚的，时间最终还了李清照一个清白。但哀莫大于心死，经历了颁金之诬的李清照，面对人性的黑暗失望透顶。在沧桑岁月中，她离心中的世外桃源更近了一步，离从容淡泊的易安更近了一步。

一个人，总会在苦难中遇见领悟。斗转星移，曾经的年少轻狂已随风而散。诗词依然是李清照咏叹悲喜的方式，但她不再醉心于柔靡的词调。

● 听朗读音频

千金散尽

繁华如细沙，转眼之间金屋成败瓦。那一场富贵荣华，不管在谁的手中都是白驹过隙，瞬间而已。

汪洋行舟，起伏任由大海。而大海就如同人的命运，有时风平浪静，有时风雨交加。身在浮华，结局与希望往往背道而行，想要做到善始善终太难了。

李清照和赵明诚博雅好古，潜心研读，文物是他们一辈子的积蓄。二人素喜收藏，到了青州之后更是仰取俯拾，广泛收纳。他们居住的地方，一半以上的宅邸用于摆放文物和书籍。其中，藏书有数十万卷，金石拓本有一万卷，还有数以千计的文物。他们的宅邸成为当时小有规模的博物馆。

文物是一种优雅隽永的财富，李清照徜徉在自己亲手打造的人文天堂里如痴如醉。但是，她定然想不到，这些东西终有一天会烟消云散。

1127 年，赵明诚任青州知府，听说金人进犯京师，国家危在旦夕。战火临近，他们必须启程避难。但是文物繁多，不便运输。此刻夫妇二人距离这些东西虽然近在咫尺，却似乎远在天边。眼看毕生的心血将要付之东流，李清照和赵明诚悲痛不已，扼腕长叹。

夫妇二人动身离开青州，前往建康。因为物品太多，携带不便，所以他们被迫弃卒保帅。经过多次筛选，物品依旧沉冗，单书籍就装了十五车。这些书籍，最终经长江成功运至建康。而那些运不走的沉重器物，则留在了青州府第。李清照打算第二年春天再去运走，没想到是年十二月，金兵攻下青州，所有的贵重文物均消失在战火中。

李清照携带价值不菲的文物辗转流离，不知遭到多少人的惦记。王继先是宋高宗的御医，此人非常奸诈。赵明诚病逝仅一个月，他就托人传话给李清照，愿以三百两黄金买下她收藏的器物。李清照的文物是无价之宝，何止三百两黄金？李清照坐立难安，将此事告知赵明诚的表兄谢可家。谢可家官至兵部尚书，是主战派，也是当朝的诗人、书法家，他与李清照多有来往。得知王继先图谋不轨后，谢可家专程上奏皇上，恳请由李清照妥善保管这些文物。皇上准奏，王继先方才罢休。

虽有官方支持，但是国难当头，人人都自身难保，谁还管得了李清照的那些文物？

赵明诚有个妹婿叫李擢，是兵部侍郎，负责护卫后宫，此刻他在南昌。眼下时局紧张，李清照马上派家中下人把从青州带来的一部分书籍分批送到他那里去。但是1129年十二月，南昌失守，那些书籍不见了踪影。此时，李清照的文物失去大半。

李清照追随高宗一路奔波，不敢携带贵重物品，而是将它们寄放在浙江剡县。国破山河碎，到处是逃兵。有些官兵趁机发国难财，他们在搜捕逃兵时发现了李清照的文物，就掠走了这些东西，这些物品最终落入一个姓李的将军手里。此时，李清照只剩五箱书画砚墨。她再也舍不得将这些物品放在别处，常将其藏在床榻下，亲自保管。

然而觊觎李清照手中文物的，远不止李将军一人。1131年，李清照一路辗转来到越州，寄宿在乡人钟氏家中。有一天李清照外出，有人趁机在墙上凿了一个洞，把五箱物品盗了个精光。李清照心痛不已，要出重金赎回。这时一个叫钟复皓的邻人拿了十八轴字画来求赏，李清照明白了，此人就是盗贼。李清照苦苦哀求他归还物品，可这个小人早已利欲熏心，怎会轻易交出到手的财物？直到后来，她听说那五箱物品被福建转运判官吴说低价买走。此时，李清照的文物所剩无几，只有一两件残缺不全的书卷。

逃亡之路遥遥，李清照从建康到台州，从台州到剡县、睦州，从海上坐船到温州，又去越州，然后到衢州。1151年三月，她再到越州，1152年，又到杭州。她一路奔波，足迹几乎遍布整个江南，而她所拥有的万贯家财，在漂泊中如同浮云一般散尽。李清照欲哭无泪，茫然若失。

繁华如细沙，转眼之间金屋成败瓦。那一场富贵荣华，不管在谁的手中都是白驹过隙，瞬间而已。李清照享尽了繁华，又失去了繁华。得失之间，已让她隐隐感受到了什么是人生如梦。但是此时的李清照，面对失去的一切依旧恋恋不舍，所以她才会写出那么多愁上加愁、伤里添伤的诗篇，让人禁不住叹息、垂泪。

扫一扫
● 听朗读音频

再
嫁
之
谜

行走在尘寰，穿行于岁月，起伏兴衰是必过的门槛，谁都不能例外。

1127年，宋朝定都杭州，史称南宋。李清照终于有了栖身之所。1129年，赵明诚去世。李清照丧偶之后，孑然一身。一个知名女子本就引人注目，而她的个人生活便成了人们经常议论的话题。

有关这位词后的史料少得可怜，只要能在浩瀚的史料中发现与她有关的信息，人们都如获至宝。在历史资料中，出现了李清照的一封书信《投内翰綦公崇礼启》，这成为研究李清照的重要凭证。

从信中可得知，赵明诚去世之后，孤苦无依的李清照又嫁给了一个叫张汝舟的人。但是，这个张汝舟目的不在李清照，而是在于价值不菲的文物。他在婚后得知李清照的文物所剩无几，便露出真面目，对李清照大施家暴。李清照不堪忍受，要与之离婚。她状告张汝舟买官行贿，经官府查实后，张汝舟被发配，李清照得以如愿。这一婚姻维持了不到百日，以失败告终。但是按照宋朝的律例，女子告夫，无论输赢都要入狱两年，所以李清照被打入牢房。由于好友綦崇礼的大力相助，李清照于九天后出狱，遂以信谢恩。

这封信让很多人相信李清照在孀居三年后，与一个叫作张汝舟的人有过一次短暂而虐心的婚姻。

本以为夫死家败的李清照的苦难已经到头了，当看到这封信后，人们的心又凉了一回。为何她这么命苦呢？命运如何才能宽恕她？

在充满内忧外患的乱世，很多史实都变得扑朔迷离。人们没有时光机，要揭开往日的真相，只能借助于文字一点点拨开厚重的云层。经过仔细分析，这封《投内翰綦公崇礼启》并非没有疑点。

首先，这封信来路不明。此信最早见于南宋赵彦卫编撰的《云麓漫钞》，此书初名《拥炉闲话》，写作时间已无从考证。既然是闲话，其真实性就值得商榷了。因别人鼎力相助而免受牢狱之苦，这是大恩，按理应当面致谢。以笔代劳也许事出有因，但是这封家书怎么会落入他人之手并传之于世呢？

其次，这门婚事过于仓促。李沆是李清照的弟弟，李清照病时服用的药物，皆由他先行代尝。李沆有义有情，细心至极。就算提亲者有三寸不烂之舌，他也应该等姐姐痊愈之后，与之商榷并得到首肯再做打算。可就在李清照重病缠身、意识不清之际，李沆替她答应了这桩婚事，这并不合常理。

再次，信中文字不像李清照所写。例如，"以桑榆之晚节，配兹驵侩之下才""责全责智，已难逃万世之讥；败德败名，何以见中朝之士"等，这些话句句自轻自贱。宋朝相对开明，女子再婚并不稀奇，更何况是丧偶多年的孀妇。就算是李清照遇人不淑，是受害者，可她有强烈的自尊，不至于把自己写得如此不堪。整封信不像是倾诉，更像是在斥责。这样的笔调，更像是出自他人之手。

最后，张汝舟的真实性存疑。这个所谓的张汝舟，来历与去向一概不清，有关他的史料少得可怜，历史中是否真有此人，根本无从查证。此人一无背景，二无才华，竟然仅靠几句甜言蜜语就可以轻易走入李清照的生活，杜撰之人岂不小看了李清照的高傲？

诸多疑点，就像是凌乱的落叶，人们无法肯定这桩婚姻就是事实，只是任凭它在风中飘来飘去。

李清照善于写作，却不善于低眉，这种强势的性格常常会把她推向风口浪尖。在辗转途中，她写下了无数豪迈诗篇，激励了很多人，也贬损了很多人。这个口无遮拦且受众人推崇的女子，被有些人深恶痛绝。针对李清照的流言从未间断过，目的就是削减她的影响力。

江湖迷蒙，谣言频现。舆论的引导力量是巨大的，轻易就能把所有的目光聚集到一个人身上。

这流言蜚语不一定出于权贵之手，但是很多市侩之人会察言观色。权贵的眼中钉，就成了他们的丑化对象。想要以假乱真，就要处心积虑。李清照洁身自好，若直接说她寂寞难当、不守妇道，反而是此地无银，人们不会轻易相信。但是编造这么一件看似合情合理的再婚轶事，会让很多人信以为真。他们会嘲笑李清照老来不甘寂寞，且目不识丁。所以有些史书对于李清照再婚一事有记载"传者无不笑之"。

另外，搭救李清照的人为何是綦崇礼而不是别人？綦崇礼的母亲赵氏是李清照之夫赵明诚的姑姑，綦崇礼是赵明诚的表弟，是李清照的亲戚。綦崇礼与李清照沾亲带故，而且他与李清照同是主战派。他为人正直，得罪过权贵，他的仕途因此受到影响。一封假信，一举两得，可以让綦崇礼与李清照一起遭受非议。

人是个矛盾体，也正是这种矛盾会造就丰满的性格。李清照虽然在诗句里惧怕孤独，但在现实中却能够忍受寂寞。她既可以婉约，又可以豪迈；既能够进取，又可以退避。这种张力，若不经过苦难的历练是很难形成的。

一位可以将文字写得如此传神的女子，容不小觑。寂寞再苦，她也只是将其付诸笔端，并无他想。李清照与赵明诚的这段姻缘虽然甜蜜，但并不完美。二人花好月圆的日子并未维持很久。二人结合一世却膝下荒凉，赵明诚续室纳妾，已经让他们之间的情感疏远。随着时光的流逝，在赵明诚心中，文物重于一切，而妻子可有可无，二人只余夫妻名分。尝尽甘苦的她，不是没有淡泊婚姻的可能。

　　行走在尘寰，穿行于岁月，起伏兴衰是必过的门槛，谁都不能例外。很多人总想做到最好，可是茫茫人海中，有喜欢你的，也有忌恨你的。你不能选择别人的看法，但可以选择自己的活法。

　　人们相信李清照不会在意别人的目光，而会选择充实自己，否则她的诗篇不会绚丽多姿。那些动人的心语，轻如飞燕，飘若彩蝶。即便是李清照经历了再婚之苦，也丝毫不能改变人们对她的美好印象。纵然有过心伤，她依然清澈如水，宛丽如花。

　　只怪属于李清照的红尘曾经太过美好，所以人们才会心疼她的孤独，也盼望能有一段情感来补偿她的辛酸。一个柔弱女子真的太需要温暖了，再爱一次也无妨，但我们希望李清照可以远离孽缘，与命运握手言欢。

第六篇

巾帼丹心笔墨魂

扫码获取

音频｜花絮｜诗词｜生平
带你结识一代才女李清照

巾帼
丹心笔墨魂

观八咏楼

　　想让一个地方永远被人记住，必然少不了一首诗。这首诗若能走进人们的心里，这个地方便会在岁月中永生。

　　为躲避战火的侵扰，宋朝的北方人纷纷渡江来到江南。1135 年，李清照投奔赵明诚之妹婿李擢，他当时任婺州太守。李清照曾经在金华住过一段时间。

　　流转江南数载，李清照欣赏到清秀的水韵，也体会到冬季的湿冷。江南水多雨频湿气重，衣服易受潮，加上气温低，即便是穿再多的衣服，人都会感觉到冷。南方的冬季是很难熬的，北方人初遇江南的寒冬会感到非常不适，李清照苦不堪言。她总是感觉暖不过来，恨不得时时守着炭火。炭火虽然可以让身体暖一些，但是她的心里依旧是凉的，因为她许久没有感受家的味道了。

虽然江南湿冷，但是李清照的诗情从未冷却。无论是湿冷还是孤独，都不会动摇她挥洒笔墨的激情。在金华的日子里，她写下了几篇诗词。《武陵春》为那里的山水增添了一分愁容，也增添了一分隽永。

武陵春

风住尘香花已尽，
日晚倦梳头。
物是人非事事休。
欲语泪先流。

闻说双溪春尚好，
也拟泛轻舟。
只恐双溪舴艋舟，
载不动许多愁。

风吹过后，花朵飘零，尘土染香。日已高悬，她却无心梳妆。世事难料，今非昔比，人生在世，几番流离，这怎能不令人涕泪断肠？听说双溪春色宜人，李清照很想去泛舟，只怕一叶轻舟，载不了词人的感伤。李清照以词为友，为国而愁。她叹一曲秋心，写一笔往事。岸边可以停泊轻舟，然而何处可以停泊忧愁？

一代词宗，文藻丰厚。这里又见千古名句，"只恐双溪舴艋舟，载不动许多愁"。李清照擅长用这些清淡的文字写情写景，最后把舟写活了，把愁写活了。虽然很想抛开这些恼人的伤痕，但是当看到这些文字时，人们的目光不得不从风景转移到她的心情。轻舟载不动惆怅，江水流不尽阑珊。此刻，愁不再是愁，而是一种不可或缺的唯美元素。

水韵江南，风光旖旎，人文灵秀。江南虽然水气湿重，但风景却是北方不及的。李清照默默感受着江南的润雨含烟和小桥流水。这里的山水精致得很，远近透着一股灵秀之气。但是她的词不再那么缠绵，不再那么婉约。她不敢奢望花好月圆，只想宁静度日，只是不知如此细腻的江南能否免受侵扰。

当时李清照住在金华酒坊巷陈氏府第，离八咏楼很近。八咏楼，又名元畅楼，494 年由东阳郡太守沈约建造。沈约是著名的文史学家，为齐梁时期的文坛翘楚。他的仕途坎坷多变，屡遭罢贬，所以诗风忧郁。在他的山水诗中，总是带着离别的感伤。他建了这座楼阁之后，每每登临，总会抒怀感叹。沈约曾为此楼写了八首诗，诗韵如同花香，将这座千古楼阁萦绕。人们为纪念沈约，将元畅楼改名为八咏楼。

此楼坐北朝南，前亭后阁，屋檐成双。它伫立在十米高的石砌台基上，面朝婺江。登楼瞭望，三江交汇，碧草连天，景色很是壮美。楼阁的檐角两两相望，神驻四方。它的重檐，好似一只云燕滑过云天，又似一把油纸伞遮住风雨。楼阁望着江水，山水环着楼阁。八咏楼，将苍凉往事沉淀在滚滚江水之中。

每粒沙的缘分在沙滩或是大漠，每滴水的缘分在沧海或是江河。而对于每个精致的心灵，缘分在山水或是屋檐。一座隽永的楼阁，不正是停歇心灵、望远尘世的地方吗？

人若拥有了沉淀，必然庄严；物若经历了沧桑，必然深刻。这座八咏楼，历经朝代更迭、风雨洗礼，所以它的石栏、屋檐、窗格都具有了岁月赋予的灵性。

李清照常常登楼远眺，感受文人在石栏上留下的余温，叠合墨客在石阶上留下的踏痕。此时又是一幕深深的思念，她在为故人和故乡而魂牵梦萦。

想让一个地方永远被人记住，必然少不了一首诗。这首诗若能走进人们的心里，这个地方便会在岁月中永生。人们曾以为，李清照的伤感若遇到江南的细腻，文坛一定会再次涌现出许多优雅的悲情词。但是，当读到李清照的《题八咏楼》，人们彻底改变了对她的习惯性认知。李清照竟也能够创作豪迈的词文，笔锋的气势竟不输须眉。正是这首诗，赋予了八咏楼沉郁与厚重。

题八咏楼

千古风流八咏楼，

江山留与后人愁。

水通南国三千里，

气压江城十四州。

易安一叹，涟漪起伏，韵萦千古。八咏楼面朝江山，风吹不动。它坐镇千古风流，眼中只有风景。只是万万没想到，如今战火无情，后人痛失半壁江山。词女登楼，檐下不胜愁。

然而李清照笔锋一转，一改深婉与颓靡，豪放之风势如破竹。她大书八咏楼的战略地位。水路密集贯通南国，气势豪迈震撼诸州，如此磅礴大气。战略之地一旦沦陷，后果不堪设想。李清照并没有直接呼吁奋勇御敌，而是书写山河壮丽振奋人心，这种写法非常高明。

一座名楼，往往是地标建筑。登楼怀古，极目天涯，是一种雅兴。各路文人依托楼阁的沉稳，注入隽秀的灵魂，让楼阁在岁月中永生。八咏楼不敢说能与黄鹤楼、滕王阁、岳阳楼、蓬莱阁齐名，但这里曾来过千古词后李清照，并且留下了一首诗，八咏楼从此地位倍增。

大宋江山，昨日还是莺歌燕舞，如今已成萍踪陌路。风雨中飘落下的悲凉，将万物和心情一并淋伤了。

国破山河碎，而在赤胆忠心的史册上，主角并非全都是须眉。李清照作为一名女子，却没有落单，毅然将自己的忠诚全部奉献出来。她本可以在闺阁中度过属于她的时光，但她并没有这么做。即便是在天涯海角，她的心也永远会牵系故土。

时势可以造就英雄，而英雄最不缺华丽的转身。婉约宗主李清照摇身变成豪放派词人，写作风格已然发生质的飞跃。但李清照并不任由命运摆布，在信念的照耀下，国土中兴仿佛触手可及。即面对江山易主，她不再是那个悲山愁水的女子，而是一个意气风发的志士。她挥笔疾书，用铿锵的文字鼓舞自己和众人。人们对她肃然起敬，有时竟忘记了她曾经是一位婉约至极的词后。

八咏楼就在身旁，李清照遥望山水，遥想故乡。此生此世她能否回到泉水旁与田园中，再次拥抱那种优雅至极的安宁？她多么希望江山能如同这八咏楼一样可以屹立千年，一想到中兴伟业，她的心中就会光芒万丈。

凤鹏正举

阳光是坚毅的，即便被重重阴霾包围，也不会退去。它会奋力找到一丝缝隙，然后义无反顾地驱走昏暗。

海，是万水的归宿，是生机的摇篮。因为大海拥有无限的凝聚力，所以，每一滴水的愿望都在这里。从泉水到海洋，一滴水经历万般曲折之后，最终抵达海洋，从此不再经受流离和枯竭。

李清照虽然生于内地，但她对大海并不陌生。当年她跟随赵明诚来到莱州，居住的地方离海并不远，她有机会就去欣赏大海与蓝天。茶语花香，明月清江，温山碧水，星影秋霜，都曾让她妙笔生花。但是所有的雅致，竟不如这片广阔无垠。

然而当她再次遇见大海，曾经欢快的海面变得忧郁起来。

李清照追随着皇上逃亡的路线，一路奔波，满目风尘。1130年秋，李清照从黄岩入海，再上征途。她没想到，此次与海相遇，竟然是在逃亡的路上。

海风吹拂着她的发，吹拂着岸边哭泣的沙。海天之间流溢着清新的空气，可以容纳万物的呼吸，却装不下李清照的一腔忧愁。她知道，途经这片海之后，她与故乡将相隔更远。而大海的漫无边际，更让她无所适从。她的心中满是海风的涩与海水的咸。

阳光是坚毅的，即便被重重阴霾包围，也不会退去。它会奋力找到一丝缝隙，然后义无反顾地驱走昏暗。国土虽被敌兵踏破，但是英雄让未来充满希望。在沙场上，岳飞所向披靡，捷报频传。他击退了金兵，揭开了波澜壮阔的中兴历程。

李清照有一首《渔家傲》是写大海的。那些文字如同大海一般豪迈和深邃，既让人欢欣鼓舞，又让人浮想联翩。她不易被察觉的心事，被文字托出了海面，激起了几朵雪白的浪花。

渔家傲

天接云涛连晓雾，

星河欲转千帆舞。

仿佛梦魂归帝所，

闻天语，

殷勤问我归何处。

我报路长嗟日暮，
学诗谩有惊人句。
九万里风鹏正举。
风休住，
蓬舟吹取三山去！

天幕四垂，星影欲坠，海涛齐鸣，千帆共舞。这仿佛就是梦中天帝的居所。苍天问人归何处，只叹时光荏苒、山高水长。纵然诗学满腹，也无寄托。海风呼啸，大鹏展翅，扶摇直上。海风莫停，也请将船儿吹到蓬莱仙境。

一纸慷慨笔墨，满腔豪迈情怀。一句"九万里风鹏正举"，凝人目光，触人思绪。《逍遥游》中有"鹏之徙于南冥也，水击三千里，抟扶摇而上者九万里"，李白《上李邕》中有"大鹏一日同风起，扶摇直上九万里"。李清照引经据典最为拿手，她完全可以写成"大鹏正起"，然而她却不偏不倚地使用了"举"字。"举"字因何而来？到底是整诗为"举"字押韵，还是"举"字为整诗押韵呢？而岳飞的字恰巧就是"鹏举"，李清照在此时写下"风鹏正举"，难道只是巧合吗？

岳飞风华正茂，骁勇善战，此时岳飞的光芒已经盖过了

187

任何人。李清照真的羡慕岳飞，她羡慕他身为男儿年富力强。她真想与他同赴沙场，只是命运偏偏让自己年少时拥有安逸、中年时面对硝烟。我生君未生，君生我已老。不能与君共谋，只好以笔墨为伍。

李清照文中带武，写出了《绝句》和《渔家傲》；岳鹏举武中带文，写出了《满江红》和《小重山》。岳飞对闻名遐迩的李清照肯定不会陌生，而李清照对这位举世瞩目的英雄早已满怀钦佩。虽然二人相差十九岁，李清照可以做岳飞的长辈，但是这种志同道合，在烽火连天的岁月更容易突破年龄的界限，两个人有可能成为忘年之交。

岳飞与李清照出生在同一个时代，两个人对诗词的热爱与彼此的爱国情怀，拉近了彼此灵魂的距离。南宋定都杭州，他们都曾在这里居住过。以她的身世，拜访岳飞并非难事。但是，国难当头，人们需要一个英雄。他宽厚的肩膀是天下人的依靠，而不只是某一个人的港湾。

岳飞有岳飞的星辰大海，易安有易安的秋雨落花。他们现世之缘，充其量只是文字。而李清照并不想留给人们太多想象，她会选择远远地、默默地注视着这位英雄，默默地注视着这片海。

在荆棘和风雨面前，李清照并未沉沦。她没有让手中的笔停歇下来，她要写下更多的文字，去激励更多的人。姑且乘风破浪吧，如此才能融入海的心胸，才能目睹一片波澜。

再多的苦，再多的怨，在大海看来，都是一朵浪花。大海如蓝钻，岁月似宝塔。此刻，李清照手中墨香四溢，心中风鹏正举。

为君饯行

　　虽遇国难的寒冬，但她的一篇篇爱国诗词，如同蜡梅一般娟妍，在冰雪中散发出阵阵清香。

　　时光冷峻，岁月无情，历史的洪荒足以改变任何人。蜕变在每个人的生命里不知不觉地发生着，而那些鼓舞人心的故事也在有条不紊地上演着。大宋朝廷从江北迁到了江南，本来李清照可以在闺阁中续写诗意，如今却不得不在硝烟中辗转流离。在支离破碎的大地上，有颓靡也有振奋，有哭泣也有歌声。李清照是个忠烈的女子，善于倾诉，敢于直言。虽遇国难的寒冬，但她的一篇篇爱国诗词，如同蜡梅一般娟妍，在冰雪中散发出阵阵清香。

　　占据北宋的金朝起初并不安稳，辖区内时时爆发民间起义。为了平定民反、巩固政权，1130 年九月，金人建立了齐国。这个齐国其实就是金朝的傀儡政权，立南宋旧臣刘豫为大齐皇帝，意在以汉制汉。而李清照的诗作《咏史》就是泼向敌人的一瓢冷水。

咏　史

两汉本继绍，

新室如赘疣。

所以嵇中散，

至死薄殷周。

西汉终结，东汉承接，本是正统的朝代更迭。然而，王莽在两朝之间建立了新朝，李清照认为有悖天道。嵇中散即嵇康。嵇康乃三国时期"竹林七贤"之一，官至中散大夫。此人赤胆忠心，至死不渝。李清照早已将嵇康视为楷模，她面对这破碎的河山，决不苟且。

金人兵临城下，大宋江山飘摇。万幸的是，宋高宗没有被金人俘走。高宗虽然临危受命，但他认为眼下最迫切的是求和。他不愿意祖国破碎，不愿意百姓遭受战争之苦。他希望人民安居乐业，更希望重振江山。但这位皇帝的软肋，是他的生母韦氏。韦氏跟随徽宗一起被囚禁在金朝，这是金人最大的筹码。他们知道宋高宗孝慈，所以一直不肯交出韦氏，想借机向宋高宗施压。

封建王朝，皇权至上，高宗对于皇位是不可能轻易放手的。他自己心里清楚，若是收复中原，迎回徽宗、钦宗，哪里还轮得到他做皇上？"收复中原，迎回二帝"只是口号而已，暂且在江南偏安一隅，才是他的万全之策。然而，徽宗和钦宗毕竟是父与兄，宋高宗矛盾得很，既不想让他们流落他乡，也不想把他们迎回南宋。如今南宋综合实力要弱于金朝，高宗权衡利弊，觉得先在江南巩固政权是最为妥当的。所以，高宗在交战期间不断地派出使臣，与金朝斡旋求和。

向金人求和是要讲条件的，南宋须俯首称臣，并且年年进贡。正是君主的这种投降主义，让无数爱国人士痛心疾首，其中就有李清照。李清照行走在这一条爱国之路上并不孤独，因为在国家危难之际，涌现出一大批爱国志士。大敌当前，爱国志士众志成城，结成一道强大的壁垒。正是因为他们的努力，让岌岌可危的大宋江山又延续了多年。

1133 年五月，朝廷要派人出使金国，很多人不敢受命。但朝中不乏勇士，韩肖胄与胡松年不顾个人安危，挺身而出，出使金国。

韩琦是北宋名相，文武双全，战功赫赫。韩肖胄（1075-1150 年）是韩琦的曾孙。李清照的父亲李格非是韩琦的门徒。所以，李清照与韩肖胄算是世交。胡松年（1087-1146 年），为官清正，深受人民拥护爱戴。他曾多次上书朝廷，建议坚决抗金，得到朝廷的赏识。此人聪慧过人，过目不忘，对《易经》很有研究，曾经向李格非讨教经学。李格非很是看重他的才华，与他多有来往，两个人关系甚密。

繁华如过眼烟云，聚散亦是无常。外敌侵扰，万民流离，李清照只能投靠亲友。在那段寝食难安的日子里，正是亲友们给了患难中的李清照莫大的关怀。韩肖胄与胡松年作为她的亲朋好友，在临行之前登门拜望，并向她索诗。李清照满怀深情作长诗两首为二公送行。

上枢密韩肖胄诗（二首）

其一

三年夏六月，天子视朝久。

凝旒望南云，垂衣思北狩。

如闻帝若曰，岳牧与群后。

贤宁无半千，运已遇阳九。

勿勒燕然铭，勿种金城柳。

岂无纯孝臣，识此霜露悲。

何必羹舍肉，便可车载脂。

土地非所惜，玉帛如尘泥。

谁当可将命，币厚辞益卑。

四岳佥曰俞，臣下帝所知。

中朝第一人，春官有昌黎。

身为百夫特，行足万人师。

嘉祐与建中，为政有皋夔。

匈奴畏王商，吐蕃尊子仪。

夷狄已破胆，将命公所宜。

公拜手稽首，受命白玉墀。

曰臣敢辞难，此亦何等时。

家人安足谋，妻子不必辞。

愿奉天地灵，愿奉宗庙威。

径持紫泥诏，直入黄龙城。

单于定稽颡，侍子当来迎。

仁君方恃信，狂生休请缨。

其二

胡公清德人所难，谋同德协心志安。

脱衣已被汉恩暖，离歌不道易水寒。

皇天久阴后土湿，雨势未回风势急。

车声辚辚马萧萧，壮士懦夫俱感泣。

闾阎嫠妇亦何知，沥血投书干记室。

夷虏从来性虎狼，不虞预备庸何伤。

衷甲昔时闻楚幕，乘城前日记平凉。

葵丘践土非荒城，勿轻谈士弃儒生。

露布词成马犹倚，崤函关出鸡未鸣。

巧匠何曾弃樗栎，刍荛之言或有益。

不乞隋珠与和璧，只乞乡关新信息。

灵光虽在应萧萧，草中翁仲今何若。

遗氓岂尚种桑麻，残虏如闻保城郭。

嫠家父祖生齐鲁，位下名高人比数。

当年稷下纵谈时，犹记人挥汗成雨。

子孙南渡今几年，飘流遂与流人伍。

欲将血泪寄山河，去洒东山一抔土。

想见皇华过二京，壶浆夹道万人迎。

连昌宫里桃应在，华萼楼前鹊定惊。

但说帝心怜赤子，须知天意念苍生。

圣君大信明知日，长乱何须在屡盟。

李清照才高八斗，学富五车。对她来说，引经据典如同探囊取物一般轻巧。时隔千载，虽然读来略显生疏晦涩，但是她的细腻与果敢，牢牢地印记在了文字之中。这位词后是很机智的，文字中对宋高宗歌功颂德，然后引出典故，说明宋金会盟并非长久之计。民族危难之际，英雄的壮举是人们的希望。李清照希望韩、胡二公一路凯歌，以振国威。

"欲将血泪寄山河，去洒东山一抔土"让人百感交集。李清照情思细腻，在离开故乡南下的时候，取了一抔故乡的土随身携带。从此以后，见土如见故乡。人与水土之间，有生命的渊源。若是在他乡因水土不服生病，取一点故乡的土，和水服下，便会祛除疾病，这就是故土的神奇。她多想亲自把这抔土还给故乡，但她人在江南，只能让清风捎去对故土的思念。

风助火势，诗染丹心。韩肖胄与胡松年的身后，是李清照诗词点燃的明灯，把前方的路照得通明。二人乘风踏浪，心境如帆，最终不辱使命。

乌江绝句

　　脚下的行程，是一阵风和一场雨的融合，是一条路和一个梦的相守。每个人都要接受风雨的洗礼。若是无所担当，恐怕就要受到风雨的百般嘲弄了。

　　靖康之岁，金兵势如破竹，大宋节节败退。大敌当前，朝中武将匮乏，宋高宗不得不任命各路文官御敌。1127年，赵明诚因是在守孝期间被任用，所以夺情出任建康知府。1129年年初，金兵持续南下，接近建康。赵明诚身居官位只是承蒙祖上福荫，并非熟谙政治。他一介文弱书生，没有带兵打仗的经历，更没有为国捐躯的勇气。还没等兵临城下，赵明诚就已是心急如焚。而此时城内突发叛乱，军民乱作一团。面对这种阵势，他手忙脚乱，无计可施。赵明诚以为朝廷大势已去，不想做阶下囚，所以选择弃城出逃。

但是，赵明诚没有带李清照一起走，此时的他为何狠心对妻子弃而不顾呢？李清照名扬四海，赵明诚在妻子的光环之下倍显逊色。他的自尊面对妻子的高才，渐渐变为自卑。李清照主战，而他却主和，甘做敌国的附庸。李清照自负，赵明诚自卑，二人政见不合，又无子嗣，夫妇情感已被风化了。

李清照性情倔强，不可能当逃兵。赵明诚索性独自弃城，一走了之。据说他逃到半路，得知叛乱平息，危情得以缓解，又折回来了。正因此事，赵明诚被罢了官。

1129 年三月，李清照踏上轻舟，行驶在去芜湖的路上。轻舟如同一叶，默默地在水上漂流。青山随着水流，远远地被抛到了身后。山的轮廓，起起落落，浮浮沉沉，仿佛是在诉说人间一望无际的动荡。青山太从容了，无论是遇到烈日还是风雨，总是处变不惊。面对青山连绵，李清照虽然口中沉默，但是内心起伏，因为她无法像青山一样从容，至少目前还做不到。

船到乌江，但见碧水起舞，清波横斜，然而李清照的心中已无风景。她恨朝廷的无能，更恨赵明诚的懦弱。李清照想不通，夫君为何不能勇往直前，为何不能成为一名英雄。此时，望乌江之水千里迢迢，蜿蜒着那段霸王之殇，荡漾着一个悲壮的故事。

西楚霸王项羽也许不算是英雄，但绝对是一位勇士。国难当头时，项羽没有逃亡，他宁可选择战死疆场。几声长叹，感天动地，一代枭雄，誓不低头，他用生命来告慰江东父老。将生死置之度外，这是一种绝命担当，纵然他最终无缘问鼎江山，但在人们心中依然是个王者。

而此时的大宋朝廷，大敌当前，丢盔弃甲，魂飞魄散，千秋基业，瞬间倒塌。当朝者为了苟安于世，不惜委曲求全，甘愿成为别国的附庸之地。这种丧权卖国的行径，让李清照心痛不已。她悲愤执笔，写下了荡气回肠的《夏日绝句》。这在李清照的豪放词文中，又是一个里程碑。

夏日绝句

生当作人杰，

死亦为鬼雄。

至今思项羽，

不肯过江东。

"生当作人杰，死亦为鬼雄。"此句犹如一道闪电，划破长空，震耳欲聋，沉闷的大地被骤然惊醒。生要做人中之豪杰，死要做鬼中之雄才，风云之志，生死不渝。

李清照到底是一个怎样的女子，才会拥有如此豪情？笔墨巾帼比起金甲须眉，竟是毫不逊色。一句句惊人之语，注定了李清照拥有一世的不平凡。面对金戈铁马，她恨不得换上戎装，只身赴斜阳。即便只是一朵浮萍，也要在硝烟之中活出尊严。

她的文字就像是旋风，翻动着情感的海潮。她的才情，使得这漫漫硝烟充满了阳光与歌声。词稿是文人的珍宝，但是，在硝烟漫漶的岁月里，有太多优秀词文被无情地焚毁，再也无缘与后人相见。但是有些文字，如此掷地有声，如此具有生命力，会永远被世人记住。当人们在悲伤或绝望时，想起这句"生当作人杰，死亦为鬼雄"，也许就会绝处逢生。这位瘦弱女子的满腔豪情，让许多人变得坚强起来。

有多少女子，为国丢开脂粉，转而情寄笔墨。她们都是英雄。当年，蜀国贵妃花蕊夫人，命运中也是江山易主，几度沉浮。当蜀国陷落时，她被宋太祖赵匡胤俘到汴京。花蕊夫人温文贤淑，才貌无双。有一次，宋太祖令她作诗，她作了一首七言绝句，让宋太祖备受震动。

口占答宋太祖述亡国诗

君王城上竖降旗，
妾在深宫那得知？
十四万人齐解甲，
更无一个是男儿。

天边一朵艳阳，照耀着一位女子的铿锵，令她的民族气节如此光鲜璀璨。此时的宋太祖，并没有降罪于她，反而开始对这位大义凛然的女子刮目相看。也许正是花蕊夫人的才情与豪气提升了宋朝女子的地位。而这位开国皇帝认为，文足以治国，武只能安邦。所以宋朝历代皇帝对文学艺术都特别推崇。

李清照虽然没有身陷囹圄，但是比起花蕊夫人，心境却是如此相似。同样的才情，同样的心事，希望将青春与才情献给故国。红颜伫在风中，不为繁华动容。她分明感到花蕊夫人的忧虑和愁容就在眼前。

硝烟过境人生的旷野，留下一片荒草与乱石。面对战火，最苦的莫过于女子。她们要求的并不多，只要有闺阁和田野，她们便会心满意足。然而山河故土与功名利禄，有时就像女子的容颜一样易老。

不管是在孤寂的大海，还是在苍凉的乌江，此时上下氤氲，远近苍茫。这片昏沉与朦胧让李清照看不到哪里才是前方。她乘坐的这叶轻舟，在江心漂荡着，似是搁浅在了忧愁里。

脚下的行程，是一阵风和一场雨的融合，是一条路和一个梦的相守。每个人都要接受风雨的洗礼。若是无所担当，恐怕就要受到风雨的百般嘲弄了。李清照踏过冷暖的巅峰，学会了面对风雨如何保持沉静。她用手中的笔向世人告白，生命不是一缕缥缈的云烟，而是一道冷峻的伏流。因为她知道，潜在的力量是无穷的。

这些文字，飘过了历史的江水，没有被岁月磨灭，因为这是沧海桑田的见证。面对这个女子的爱国之心，谁都会心生敬意。

命辞打马

　　未来是个神秘使者，在他的眼中，你我都是一位柔弱无知的人。

　　几乎所有的古典元素都凝聚在了宋朝的檐瓦，滴下了绝代的晶莹。

　　人们走过的路，有时就像一根长长的藤蔓。在这条藤蔓上，命运打了很多结。这些结就是人生中躲避不开的抉择。这些抉择，此起彼伏，绵绵不尽，纠缠在眼前，束缚着明天。人的一生，往往就是不断抉择的过程。选择前进或是停留，选择向左还是向右。眼前的选择未必是结局，但又左右着未来，从而决定着命运。

　　有人说，人生就是一场博弈，谁何曾没有对局？人们抉择的本身是否就是一种博弈呢？应该是的。因为未来充满了变数，每个人都会在抉择中摇摆着蹉跎和无奈。本想回归简朴，却撞入了凌乱的蛛丝；本想染指繁华，却沾满了迷蒙的灰尘。未来是个神秘使者，在他的眼中，你我都是一位柔弱无知的人。

李清照又何尝没有博弈过？她追随南宋君主一路逃亡，是一种博弈；为了保护文物，她选择寄人篱下，是一种博弈；为了警示朝廷，她选择奋笔疾书，还是一种博弈。

然而，她所做的一切都只是抉择，只是以豪情开始，而以无奈告终。这个聪颖的女子，多少次空对着一杯酒、一盏灯、一弯月而独自轻叹。但是，这并没有影响她去一次次尝试。既然选择去做人杰，就要勇往直前。不管能否阅尽天涯，不管最终是不是苦涩，都值得一搏。

在李清照的生活里，除了忧愁，还有欢愉。在快乐的时候，她也会有片刻将往事遗忘。毕竟，她生活在宋朝。宋朝拥有芬芳浓郁的文化底蕴，人们悠然慧巧，饱蘸文华。那里有书香里的清晨，有窗格中的黄昏，有折扇，有烟雨。几乎所有的古典元素都凝聚在了宋朝的檐瓦，滴下了绝代的晶莹。

在琴棋书画的领域中，宋人拥有很多娱乐方式。打马棋是宋朝风靡的一种游戏，类似于今天的飞行棋，其规则是以掷骰子决定棋路，以分值决定输赢。很久以前，李清照就迷上了这种游戏。在很多个漫漫长夜里，除了写诗，她经常与友人举棋对弈，借此消磨时光。

很多人沉溺在娱乐中不能自拔，甚至到了玩物丧志的地步，而李清照却是反其道而行之。她玩物不丧志，虽然在乱世里有很多人玩世不恭，但是她不甘心如此游戏人生。聪慧的李清照竟在娱乐中玩出了哲理，玩出了花样，而她创造的"命辞打马"很可能就是麻将牌的前身。

与其说李清照喜欢赌，不如说她喜欢博。李清照博而非赌，游而无戏。游必乐、玩必精、学必细，这便是她处世的态度。对于一个小小的游戏，她也要进行细致的研究并掌握其规律。所以，在游戏的博弈中，李清照很少遇到对手。

除了诗词，李清照的文章流传下来的并不多。《打马赋》《打马图经序》等文章算是她文山字海中的幸运儿。这些文字经过了历史的汪洋和战火的弥漫仍旧得以留存。"慧则通，通则无所不达，专则精，精则无所不妙。"此句正是来自《打马图经序》。智慧以致通达，专心以致精妙，这是李清照在游戏中对人生历程的总结，对文学生涯的归纳。由此可知，李清照的才华绝非偶然。

易安丹心，牢不可破，贯穿生命始终。在《打马赋》中，李清照把棋局比为战局，她的中兴心愿，在文中一目了然。她用一局棋，和盘托出了她对国家的一腔热忱。只是在那段支离破碎的时光里，李清照一路风尘仆仆，笔下的文字也随之一起流落，很多诗篇没有被完整地保存下来，成为文学史上的一大遗憾。虽然文字已逝，但是她的爱国热忱在岁月中永存。

除了《打马赋》中的豪言壮语，在她传世的残诗断句中，也有许多见证丹心的笔墨。

身居江南尚且惧怕吴江的冰冷，而收复北方故地之后定会唯恐易水的严寒。李清照含沙射影，讥讽当朝者苟安求活。她的亲朋好友，都为她捏了一把汗。在别人看来，她是在博弈。北宋江山土崩瓦解，一代君王必然悲愤。在此时，李清照的这些讥讽之词若是传到了皇上耳中，万一触怒龙颜，她就危险了。

也有人劝阻告诫过她，凡出言必三思。命运就是这么独裁，不由分说地左右着每个人。李清照就是一个敢说敢写的女子，在故国危难之际，她不可能无动于衷，一定会用文字来倾诉。

潇潇秋风数层落叶，泱泱尘寰几度轮回。读过历史的人都知道，晋朝的存亡与宋朝十分相像。历史的车轮碾过数百年，人们的回忆里，除了疮痍，还有希冀。还有一句诗为：

南渡衣冠思王导，北来消息欠刘琨。

海潮拍打对岸，浪涛呼唤英雄。李清照倾尽所能，续写心声。王导和刘琨都是晋朝的中兴名将。当年匈奴入侵西晋，晋愍帝投降，西晋亡国，东晋开始。大批中原人士纷纷南渡。王导与刘琨，一文一武，众志成城，抵御北虏侵略，使东晋得以延续百年。如今宋人流亡，历史往往有惊人的相似，李清照怎能不痛心感叹世事无常？

国家遭受劫难，民众颠沛流离，李清照就在这些人之中。曾经，落叶或花瓣，流水或清风，统统都是她写作的动力。这些给过她灵感的东西突然被硝烟蚕食，在流离途中的她，还有没有心情去写词，她手中的笔会不会骤然滑落？

然而，人们低估了李清照。故国邂逅烽火，乱世在黑暗中等待救赎，而她的救世之心愈发强烈。她就是这么一个不会轻易服输的女子，国若一日无宁，她当奋笔疾书，直到终老。面对硝烟，她用诗词做檄文，以笔墨为利器，这种果敢在乱世中如此合乎时宜。

传世之学

一个人的志向只是一盏明灯，而努力往往会将一个人引上非凡之路。

命运残酷一点或许不是坏事，因为悲伤和绝望往往会加速一个人的成长。

李清照的光环太盛，以至于人们的目光总会聚焦在她身上。赵明诚的诗文成就与李清照相比差距甚远，李清照是明月，而赵明诚仿佛是一颗暗淡之星，在月的光芒四射中显得太微茫了。

赵明诚真心喜欢李清照如水一般的文字，不吝将赞美呈送给她。李清照被爱人高高捧着，创作灵感绵绵不绝。赵明诚虽然外表文弱，但自尊心很强，他不甘心做一颗永远仰望明月的星辰。娶了李清照之后，赵明诚在文学方面下了一番功夫。他经常磨砺诗文，渴望终有一日可以超越妻子。

在漫漫相思中，李清照曾填过一首《醉花阴》寄给远方的赵明诚，一叙离别后的相思。

醉花阴

薄雾浓云愁永昼，
瑞脑消金兽。
佳节又重阳，
玉枕纱厨，
半夜凉初透。

东篱把酒黄昏后，
有暗香盈袖。
莫道不销魂，
帘卷西风，
人比黄花瘦。

李清照的才情确实是独一无二的，就算是愁，也能愁出个境界。虽然字字是愁容，但是行文中的凄美总也数不清。所以，她的诗路是一场花雨。

面对李清照的这场诗路花雨，赵明诚不想做个局外人。

据说赵明诚读罢这篇《醉花阴》之后，也想洒几片花瓣证明自己。他花了三天工夫填了五十首《醉花阴》，然后将李清照的词混入其中，请友人进行评价。友人仔细看过这些词作之后，独赞李清照的那首《醉花阴》，尤其是那句"莫道不销魂，帘卷西风，人比黄花瘦"，令人回味叫绝。鲜花终归是鲜花，绿叶依旧是绿叶，赵明诚不得不叹服于妻子的才华。

凭借着天赋与努力，李清照鼎立于文坛。她的成功纵然不是传奇，但也算是励志。能娶得北宋才女李清照，赵明诚也绝非平庸之辈。他虽然在诗路花雨中毫无建树，但术业有专攻，他在人文天地中有自己的一片天地。

金石学，是通过研究钟鼎碑碣等物器来考证文字、正经补史。而钟鼎碑碣之上多是历代大家的墨宝，很有研究价值。把名家的墨宝刻在器皿或是石头上，叫作碑文。将碑文印在纸上便于观赏临摹，叫作碑拓。碑拓上的文字，大多出自著名书法家之手，这些书法大师的文字飘若轻云，逸若清风，神韵十足。

这些文字是历史的记忆，更是文化的传承。赵明诚就像一只辛勤的蜜蜂，采摘着这些文字的魅力，把毕生的精力投入了这里。

欧阳修是金石学的先驱，其后人也对金石学有所继承。欧公的《集古录》算是中国最早的金石学著作，也正是这部书给了赵明诚无限启迪。赵明诚与金石文物结缘一世，立志遍寻文字，就是要整理出一部关于金石的著述。对金石学来说，他虽然不是第一人，但他决心赶超欧阳修，做金石学中的翘楚。

一个人的志向只是一盏明灯，而努力往往会将一个人引上非凡之路。赵明诚在自己的研学之路上披星戴月，栉风沐雨。他通过不懈的研究，最终厚积薄发，把金石学发展到空前的高度。金石学开创了中国考古的热潮，赵明诚在金石领域树立了权威，成了名副其实的考古专家。赵明诚当时的学术地位，相当于今天的院士。

文学大师往往是史学大师。李清照拥有超凡的文学功底，对于历史本就饶有兴趣。而赵明诚研究的是文物和文字，是史鉴和收藏。所以，她心中的史学星火，一点就着。

夫妇二人屏居青州十年，波澜不惊的生活为金石研究创造了良好的条件。青州、淄州等地是东夷文化的发源地，历史悠久，境内不乏文化遗址，也有多处贵族陵墓。这些历史古城正是考古的好地方。二人在金石之路上俯拾仰取，甘享清贫。

钟鼎碑碣、书籍字画、陶罐器皿，都是他们搜罗的对象。然而人生在世，想得到的东西越多，遗憾也就越多。当年有人向李清照夫妇二人求售徐熙的一幅牡丹图，开价二十万钱。徐熙是南唐知名画家，其作品得到过南唐后主李煜的赞誉。夫妇二人出不起价，遂与这幅名画擦肩而过，这让两个人抱憾终身。若不是财力有限，他们的收藏会更为丰富。

归来堂满屋芳香，沉淀着古朴清雅。二人把时光埋在这些文物里，钩沉索隐，潜心研究。哪怕衣无重彩、发无美饰、食无荤腥，李清照也不会动摇。大多豪门之女都过惯了衣食无忧的日子，不是谁都能够忍受清苦的，而她做到了。

其实，每个人来到这个世上，都是有使命的。有的人留下了诗，有的人留下了画，人们可以透过他们的故事体悟悲喜。赵明诚爱上了那些神工意匠和古色古香，他要把自己毕生研究过的文物统统载入史册，让这些文物弥补历史空缺。在他的不懈努力下，《金石录》初具雏形。

对于文人来说，若能有一部著作传世，实在是一件非常欣慰的事情。然而赵明诚壮志未酬，在春秋鼎盛之时却因病辞世。未完成的《金石录》成了他最大的遗憾。

物质在世间太缥缈了，今天在手暂作停留，明天又不知归向何处。在赵明诚离去之后，李清照担负起了保护文物的重任。可是她苦恋的文物最终湮没于战火洪荒之中。

就在悲伤与沉思之中，她耗时两年终于完成了对丈夫未完成的这部书稿的归整。《金石录》一书，记载了从上古三代至隋唐五代以来钟鼎彝器的铭文款识和碑铭墓志等石刻文字，规模宏大，内容丰盈。书中记载的文物数量已然超过了欧阳修的《集古录》。《金石录》一书，既是赵明诚的勤奋，又是李清照的坚守。见书如见人，书香之中深深蕴藏着他们一路的艰辛与风雅。

命运残酷一点或许不是坏事，因为悲伤和绝望往往会加速一个人的成长。李清照呕心沥血为后人留下了价值连城的研究资料，这些文字比那些文物更有价值。她没有让赵明诚抱恨黄泉，可以心安了。

李清照帮助夫君完成了《金石录》，然而她自己是否有过完整的书籍作品呢？答案是肯定的，那就是《易安居士文集》和《易安词》。千古才女的这两部著作一定是内容丰富、文采斐然，诗词文章的创作背景更为明确，她的生平往事更为饱满。如能完整地保存下来，这会是多么重要的史料，后人研究李清照也不至于如此艰辛。

而让人们感到疑惑的是，即便是经过风雨和滩涂，古代众多文人墨客的作品都能完整地保存下来，为何偏偏李清照的作品未能流传于世呢？而且，除了两部作品失传，李清照绝大多数的诗词一无时间可查，二无背景可考，这究竟是什么原因？

李清照极有可能因为出言不逊而遭遇过封杀，北宋官方一度禁止印刷传播她的作品。而人们今天所见到的李清照的作品，很多是幸存于民间的手抄本。既然是手抄本，内容难免不全，文字难免有误。李清照有很多诗词已成残诗断句，更为可悲的是，有些诗词的作者归属至今仍存在争议。这是李清照的不幸，也是文学史的不幸。

高处不胜寒，口舌易生祸。虽然李清照木秀于林，但是她的一生注定遭遇多重坎坷。即便如此，岁月依然挡不住她穿越千年的文学光辉。

第七篇 隐居江南羽化蝶

扫码获取

音频｜花絮｜诗词｜生平
带你结识一代才女李清照

隐居

江南羽化碟

西湖不言

　　湖水安静的样子已经很美了，而斜阳为了让这一汪水更美，就洒下片片花瓣，于是优雅的西湖充满了晶波四溢的诗情。

　　谁曾想到，杭州会成为这位泉城女子的第二故乡。

　　自靖康之变以后，宋室开始南迁，在1129年将临安定为都城。临安为临时安顿之意，并非正式的都城。之后宋室几经辗转，在1138年正式定都临安，就是今天的杭州。在定都之后，李清照终于结束了流亡生活。

　　李沆是李清照同父异母的弟弟，在杭州做敕令编定所的删定官，负责编纂整理朝廷的法令。李沆作为李格非的儿子，也曾受到政风牵连。删定官为八品，官职不高，而且李沆为人谨小慎微，善于自保。如今他是李清照唯一的亲人，姐弟二人居住在杭州。

杭州自古以来民风温慈，少灾少难。而西湖美不胜收，使得杭州灵秀万分。在1120年，宋真宗赵恒将西湖定为放生池，明令禁止渔猎。于是，放生护生成了当地的民风，西湖成了一个慈悲道场。

西湖是一瀑飘逸的长发，断桥是一枚古朴的发簪，恰如一位纤纤女子端庄素雅的容颜。油纸伞之下有仕女冰心的诗情，断桥之上是素水清莲的画意。山水迢迢，花草未凋，柔情似水，物华皆醉。那些有情人，喜欢徜徉在这片充满爱意的湖边，享受水波送来的柔情。

湖水安静的样子已经很美了，而斜阳为了让这一汪水更美，洒下片片花瓣，于是优雅的西湖充满了诗情。西湖的点点波光美丽绝伦，真可谓：

灵鱼戏水，萤火逐浪；灯火荟萃，宝雨琳琅；万珠奔腾，众星荡漾；玉叶摇动，银花飞扬。亮晶晶闪烁珍华，水灵灵浮跃金光。似仙子下榻秀池水面，如神女降临清湖心房。如日光照耀琉璃世界，似月光洒满水晶殿堂。

西湖的柔波与光晕，催生了文人们的叹咏。面对这片灵秀的湖水，诸位才子走笔运墨，争相赞美。一时间，篇篇辞章随风散馥，点点文墨沿水流香。苏东坡笔下的《饮湖上初晴后雨》宛如风在轻轻地吹，又宛如湖光山色里一位佳丽的蹙眉。

饮湖上初晴后雨

水光潋滟晴方好，
山色空蒙雨亦奇。
欲把西湖比西子，
淡妆浓抹总相宜。

除了苏轼，白居易、刘禹锡、罗隐等人无一不为西湖挥毫，才子们的文字让西湖之水异彩纷呈。李清照的才情就如同亮晶晶的波光，一旦落入西湖之水，必将泛起无与伦比的灵动。这个文采缤纷、细腻之至的女子，到底是与西湖相逢了。她不会甘心输给西湖的美，又怎会懈怠笔墨？

然而，在李清照的词文里偏偏少了西湖。一幕绝佳的人文美景就此落空，实在是词坛中的一大憾事。

这位女子本应在这静好的岁月中写诗写词，命运却驱散了她的安宁。国变或是流言，奔劳或是辗转，她全都经受了。在这些不幸面前，她是孤单寂寞，还是心有所属？在杭州的日子，她是一种怎样的生活状态呢？

在李清照的心底，除了赵明诚，还有一个人。只不过无关儿女情长，而是另一种厚重的情谊。在国破家亡的时刻，李清照最大的夙愿就是中兴。而正是这个人曾给了李清照莫大的鼓舞，点燃了她的中兴希望，他就是岳飞。

赵明诚已故，李清照如若浮萍随波逐流。1141年岳飞被解除兵权，在杭州任枢密副使。英雄与才女相互敬重，并且二人都居住在杭州，他们不是没有可能谋面。然而，年龄的悬殊往往会使人望而却步，即便是谋面，他们也只能是发乎情止乎礼。她与岳飞只是灵魂伴侣，隔空相惜是今生今世的选择。

1142年岳飞蒙冤离世，对李清照来说犹如一道晴天霹雳。一个柔弱的女子，带着丝丝的眷恋与无可奈何，只身走进天涯。她失去了慧命相连的英雄，失去了精神支柱。她的中兴梦想被撕成碎片，飘在风中纷然零落，簌然若雨。眼前的西湖纵然美好，在她眼中不过是断桥吹残雪、湖水咏骊歌罢了。今人夏承焘写下"望眼西湖无一句，易安心事岳王知"，在欲言又止之中留下了万分悱恻。

西湖是浪漫而又凄美的，她不仅仅拥有一颗仕女心，还有点点相思泪。断桥之上有隐隐的俪影，多少有情人在这里结缘。当年的苏轼正是在西湖上遇到了红颜知己王朝云，从而拥有了一回海誓山盟。苏轼和朝云，白蛇和许仙，有太多泪水促成了西湖的凄美。在那些泪水中，固然也少不了李清照的。

李清照望眼点点波光，心溯往事。她曾经在繁华里度过了美好的时光，当时的她无法想象痛苦是什么感受。李清照曾拥有的爱情、故乡、财富，如波光一般闪烁，却又如落叶一般飘零。红尘路上的波折，终于让她明白什么是良辰如美梦，无奈梦醒匆匆。她半生已过而身似浮萍，面对一段段残缺的缘分，李清照心中翻腾着万般苦涩。

人来到世上也许就是为了偿还前世的债，而相聚就是一种偿还。偿过了，就该散了。相聚和别离，甘露和眼泪，不过是在前世与今生之间的约定。前世的甜美化作今生的伤悲，不知来世又将化作欢笑还是泪水，又将偿还给谁。

西湖美若西子，水面波光潺流。西湖是最温柔的风景，有了西湖的情怀，岁月永远是静好的。令人感到欣慰的是，李清照最终留在了西湖身边。相信湖水的美可以安抚她的惆怅。她面对西湖，虽无语无诗，但心有所属，余生要与之相依相伴。她知道，只有恪守沉默，才会永远停留在这西湖的静美之中。

容颜易老

时光成就了无数的梦幻，看不清梦中的流水，也数不尽梦中的落花。

承诺的永远，却不是永远的承诺。

生命中最青涩、最动人的容颜当属青春，没有世俗的皱纹，没有现实的沉闷，没有落花之忧，没有流水之愁。难忘年少时光乌润的发和清澈的眸，人们渴望永远停留在那年的青涩与花香里。

但是，时光像决绝忧郁的海水，苛责着青春的蒙昧。自生命伊始，时光就一直在涨潮，直到漫过生命的浅滩。时光真的太过专横了，竟能够让青春褪去娇颜，让沧海化作桑田，让今天沦为瞬间的幻影，让昨日变成遥远的思念。兰草上的露珠或是沙滩上的承诺，无论如何引人留恋，最终都会任凭岁月带走最后一丝美丽。万物在时光里好像一个薄如蝉翼的肥皂泡，只要用手指微微一碰，一切都会消隐。

清风吹皱春水，岁月送别容颜。时光成就了无数的梦幻，看不清梦中的流水，也数不尽梦中的落花。人们只是一片片花瓣，虽美却无力承担时光的重量。在与时光的胶着里，到底是时光淡忘了人们，还是人们淡忘了时光？

李清照眉清目秀，身材窈窕。这是她的自信，所以她敢与花儿比美。跟别的女子一样，她也喜欢照铜镜。曾经镜中的那个小女子，模样如此呆萌，志趣如此雅致。然而，年轮是时光的涟漪，皱纹是岁月的印痕。风雨数十年，镜中人容颜尚在，她依然清瘦，但鬓已微霜。

李清照是一个喜欢追溯过往的女子，她的词作诗文里是满满的回忆，或美丽，或忧伤。当岁月把她的容颜变老，她怎能不去缅怀青春呢？李清照时常怀念在溪亭边穿梭的欢笑，怀念在秋千上摆动的倩影。那时的她，没有那么多的幻想，也没有那么多的抉择，更没有那么多的忧伤。她的一曲《清平乐》是对年华飞逝的叹息。

清平乐

年年雪里，

常插梅花醉。

挼尽梅花无好意，

赢得满衣清泪。

今年海角天涯，

萧萧两鬓生华。

看取晚来风势，

故应难看梅花。

晚风吹梅梅飘落，岁月染鬓鬓生华。时光一如既往地穿
梭，挽留只是无力的辩驳。苍苍华发，竟是岁月对人生的警
示和惩罚。李清照如此精致的人，却也会渐渐苍老，时光真
的没有一点儿怜悯之心吗？她在花香里顾影自怜，又在烟雨
中充满思念，而四季的歌声依旧回旋，她的容颜不属于自己，
只属于时光。李清照曾如此眷恋梅花，然而时光不屑红尘，
直教物是人非。历尽坎坷的她，此刻已没有赏花的心情了。

多少有情人情感至深，在朦胧的岁月许下了海誓山盟。
赵明诚在儿女情长中也会对李清照许下承诺，要与她长相厮
守，直到海枯石烂。

是的，这只是承诺，没有任何欺瞒。然而，承诺的永远，
却不是永远的承诺。茫茫人海，有谁知道永远到底有多远？
现实真的会迁就一个承诺吗？然而，岁月不屑红尘，承诺常
常会被时光淹没。

那朵梅花是他们两个人美丽爱情的见证，但赵明诚先行离开了，留她一个人孤独地走过清晨，走过黄昏，去承受尘世间的那些痛。

在时光面前，万物俯首称臣，容颜亦然。簌簌的是雨漫窗檐，悄悄的是人近黄昏，时光终会将青春和容颜送上流年的列车，而后飞速地驶向下一站。转眼之间，容颜就会步入岁月的烟海，再也无法看清最初的样子。李清照在似水流年中寻找青春的光影，却倍感青春易逝。她写过一首《蝶恋花·上巳召亲族》来咏叹岁月中的变迁，惜取春光和容颜。

蝶恋花·上巳召亲族

永夜恹恹欢意少。

空梦长安，

认取长安道。

为报今年春色好，

花光月影宜相照。

随意杯盘虽草草。

酒美梅酸，

恰称人怀抱。

醉里插花花莫笑，

可怜春似人将老。

中国有"二月二，龙抬头；三月三，生轩辕"的说法，"三月三"是"上巳节"的俗称。人们为纪念黄帝，在此日举行祭祀活动。每逢三月初三，人们在水边洗漱饮宴、踏青游春，以此祈福避凶。后来，上巳节也成为女子的成人礼，女孩子多在此日妆饰插花、寻觅爱情，这一日也成为中国古代的情人节。杜甫的"三月三日天气新，长安水边多丽人"，正是该节日的写照。

　　这首词写在上巳节，也是李清照与亲朋好友相聚之时。由于该词写作的年代、地点均已不详，不知"可怜春似人将老"中的"春"到底是指国家还是时间。但无论李清照是思国还是惜春，均有她对岁月易逝、容颜易老的感叹。

　　李清照的惆怅写得多之又多，以至于这些愁诗忧词就像是一江春水东流。而关于李清照的史料少之又少，所以人们沿着她的愁绪，坚信她早年欢乐、中年幽怨、晚年寂落。她在人们眼中渐渐沦为一个身世可怜的女子。其实，这也怪不得人们如此推断，谁让她的文字如此凄美，情感如此忧郁呢？

　　时光若水，多少人经过时光的浸渍，从懵懂走向成熟。李清照的满腔热忱，曾经也有过消沉。那些居无定所的日子让她成了一朵黄花，瘦弱而又憔悴。她孤独忧伤，曾度日如年。那时，她把太多的时光注入愁闷之中，她总是被自己的情绪所吞噬。李清照的婉约笔调虽然美，但更多的是破碎。人们跟随她一起眷恋着、悲伤着。

晚年的李清照为人处世非常低调，很久没有再写诗篇。随着时光的流逝，她渐渐淡出了人们的视野。皱纹与华发，是人生的无奈，李清照曾为此陷入烦恼。她意识到自己不再年轻，也担心会随时凋零，但是她真的不想生活在这种惶惶不安之中，所以她需要改变。

扫一扫
● 听朗读音频

易安私塾

　　时光不语，却是一位最深沉的师者。在岁月无声的言教中，有太多人蜕变了。

　　即便是日暮，也要奉献余晖。

　　时光不语，却是一位最深沉的师者。在岁月无声的言教中，有太多人蜕变了。年轻时的李清照，对"易安"二字的理解并不深刻。那时的她，未经沧桑，有些轻狂。她认为"易安"就是易天下乱为安定。历经磨砺之后，李清照变得沉稳了。此时，她对"易安"的理解更偏向于"运移时易，随遇而安"。

　　上苍若是想让一个人彻底沉沦，就不会赋予她如此出众的才华。一阵清风或是一片落叶，都能够激起李清照唯美的思潮。她可以做到未近香而受熏陶，未得水而受沐浴，所以

228

她能将诗词写得如此传神。而这种非凡的敏锐，足以让她整理和归纳人生。

李清照动人的诗句像是层层涟漪，长久地晕着美丽。如今，她无须再证明自己了。女子的才气不输男儿，这成为世人皆知的事情。所以，哪怕是即刻罢笔，她写过的文字，也足够被传颂千年。

在苏门从师十数载，李清照如沐春风。她能够成为后起之秀，能够问鼎文坛，得益于师者的恩泽教化。宦海一世，沉浮弄人，李清照的诸位师叔、师伯无不做过一叶浮萍。待到她渐老，恩师们也已驾鹤西去。当苏门学士逐一离世时，苏门春风也会一去不返吗？

多少人选择向衰老低头，只愿坐享夕阳的暖意。然而，李清照不愧是李清照，即便是老去，也不愿辜负时光。

重新忖度人生，在何时都不算晚，哪怕是鬓已成霜。一个才华绝代、俏丽端庄的女子，在人生历程中做出一个重大的抉择——教书育人。晚年的李清照宏志未泯，想让春风吹拂桃李，想用诗词启发热忱。即便是日暮，也要奉献余晖。

李清照办学很是低调。她年事已高，不便于游走教学，于是择一处固定私塾。她的教书生涯从这里开始，人们尊称其为"易安处士"。

在易安私塾中，学生能够接触到诗词、历史、哲思。除了各类史书典籍，当然还有她的文集和诗词。而在传道授业中，李清照感到了从未有过的快乐与充实。

在李清照的学生中有个叫韩玉父的女子，才情不比李清照出众，性情却与李清照相仿。韩玉父的命运也是灰暗坎坷的。当年她与一个叫林子健的男子情定终身，对方承诺车马迎娶。没想到此人迷恋权贵，最后竟然杳无音信。

这位林官人不辞而别，必定是迹已远情已疏。现实有时是无情的，但韩玉父对其一往情深，一心要去寻找恋人。有些事情是命中注定的，由不得更改。每一条人生路，只有亲自走一回，才懂得长短。

韩玉父一路风尘仆仆，寻夫未果。在辗转的途中，她叹人事多舛，于是写下了一首诗，其中有无奈，也有释怀。

题漠口铺诗并序

序：妾本秦人，先大父尝仕于朝，因乱，遂家钱塘。幼时，易安处士教以学诗。及笄，父母以妻上舍林子建。去年，林得官归闽，妾倾囊以助其行。林许秋冬间遣骑迎妾，久之杳然。何其食言邪？不免携女奴自钱塘而之三山。比至，林已官盱江矣。因而复回延平，经由顺昌，假道昭武而去。叹客旅之可厌，笑人事之多乖，因理发漠口铺，漫题数语于壁云。

南行逾万山，复入武阳路。
黎明与鸡兴，理发漠口铺。

盱江在何所，极目烟水暮。

生平良自珍，羞为浪子妇。

知君非秋胡，强颜且西去。

　　欲问谁将红尘踏破，皆是世间痴情女子。韩玉父翻山越岭，千里寻夫，真难为了她的一片痴心。此诗文并非文采斐然，但韩玉父经过李清照的熏陶，已经掌握了一个写作技巧——用典。"秋胡"便是一个典故，李清照的文思在韩玉父这里算是得到了一些传承。

　　师生之间也是讲求缘分的，有的人哪怕是只有一面，也是相见恨晚，而有的人，虽然相逢，但注定擦肩。南宋士大夫苏君璨的夫人孙氏，品性善良，相貌可人，她是陆游的表侄女。孙氏十几岁时见过李清照。李清照见到这个小姑娘很是喜欢，就想教她诗书。没想到被这个小姑娘谢绝，理由是"才藻非女子事"。

　　因为饱受封建礼教熏陶，十岁女娃口出此言并不稀奇，但是这番话着实让李清照心凉。辞藻是李清照行走尘世的招牌，她可是当年首屈一指的词后。然而世风日下，女子再有才华，世人却不屑一顾。

　　若是李清照年轻时听到这种言论，一定会据理力争，说不定还会写出一篇流传千古的檄文。然而，李清照的孤傲性情几经沉浮之后，已变得温和谦逊了。李清照既然选择了这条路，即便无人喝彩，也不改初心。

　　这段教书生涯并未维持很久，她这么做自然会有理由。她在这段有限的时间里，定会倾尽满腔热忱去传道授业解惑。一生并未做过母亲的李清照，一定会把学子视为己出。有李清照的地方，春风不会停息。

如梦初醒

风雨之外看风雨，风雨就成了风景。

繁华炫目多彩，多少人为之痴狂，然而要想入主繁华，是需要付出一些代价的。但谁又能知道，在这苍茫的繁华里，天荒地老究竟有多老，地久天长究竟有多长？

李清照是位优秀的女子，她拥有善良和果敢。但是她也有缺点，她清高而强势。在好胜心的驱使下，李清照喜欢喧宾夺主，希望用词文去征服世界。她不是没有这个能力，只是她未遇到最好的地利和天时。

命运对李清照似乎过于苛刻了，她的亲人、财富、故乡，统统化为云烟。她百思不解，为何自己出身高贵却又膝下荒凉，为何自己富甲一方却又沦于草莽？

很多人认为李清照一生如花，最终却似夕阳西下。其实，人们忽视了一点，当一个慧根深厚的人悲痛到极致，很难预料会发生什么样的变化。也许有人会一蹶不振，但那绝不是李清照的选择。她的前半生虽然活在愁苦之中，但是她没有忘记反省自己，没有放弃追求真谛。

"水到绝处是飞瀑，人到绝处是重生。"命运也许正在用这种方式敲醒这个极富智慧的女子。当所有磨难把李清照推到了冷暖之巅时，她环顾人生，便会得出一番感悟。李清照当年在莱州时写下的《感怀》，蕴含着她对人生深层的思考。

感　怀

寒窗败几无书史，

公路可怜合至此。

青州从事孔方兄，

终日纷纷喜生事。

作诗谢绝聊闭门，

燕寝凝香有佳思。

静中吾乃得至交，

乌有先生子虚子。

"青州从事"指美酒，"孔方兄"指金钱。李清照何尝不曾为之所累？但是逐渐地，她能够将其视为身外之物了。

与其经受纷扰，不如一个人静静地写诗，静静地阅读。读与写的惬意，不是美酒和金钱所能替代的。虽然她历经了风风雨雨，但是最终，她可以潇洒地置身事外。风雨之外看风雨，风雨就成了风景。李清照是一个能够把风雨统统写成诗的人。

1134 年，在一个微凉的秋夜，李清照翻看书本，无意中看到《金石录》，见书如见故人。书本字迹清晰，而故人青冢萧瑟。李清照手捧书卷，百感交集，写下了《金石录后序》。文中道尽悲欢，饱含人生体味。尤其是结尾那两段文字，意义最为深浓。

岂人性之所著，死生不能忘之欤。或者天意以余菲薄，不足以享此尤物耶。抑亦死者有知，犹斤斤爱惜，不肯留在人间耶。何得之艰而失之易也。

三十四年之间，忧患得失，何其多矣！然有有必有无，有聚必有散，乃理之常。人亡弓，人得之，又胡足道！所以区区记其终始者，亦欲为后世好古博雅者之戒云。

曾经文物万贯，却已烟消云散。李清照感叹，或许是上苍认为她福浅而承担不起这些东西；或许是已逝的赵明诚过于执着于这些文物，不肯将其留在人间。生不能忘，死亦不能忘，或许就是太执着的缘故。然而无论是因为什么，得之艰难，失之容易。

李清照在三十四年之间，患得患失，为物所累。然而，有有一定有无，有聚必然有散，人生不过是微尘，何况是世间的得失？世间万物，不过是从一个人的手中转到另一个人的手中，生不带来，死不带去。所以身外之物不必留恋，若要执着就输了。

有人感叹人生不如意事十之八九，本想寻到一片欢乐海，却总是遇到一片伶仃洋。扪心自问，自己的付出有那么多吗，而自己的得到又有那么少吗？大多数人在大多数时间里，都会轻易地去做欲望的傀儡。所有的不顺都是自己造成的，又何必去怨天尤人？而千年之前的李清照，已经看穿了这一点，这便是她人生境界的升华。

物质可有可无，精神永不落幕。此时的李清照，胸怀焕然一新，视野截然不同。她终于可以将毕生的执着稀释成一片落叶，轻轻放在风中。

李清照这一世，不知辗转了多少春风苏醒和秋雨凋零，不知书写了多少愁。她文字的凄凉，硬是把人们带入一片冷清。人们叹息、悲戚，许久徘徊在烛光憔悴与歌声哀婉之中。

曾以为，当繁华毁于一旦、磨难集于一身时，一个柔弱的女子只能是俯首于命运，孤苦伶仃就是她人生的终点。然而，看过《金石录后序》那段文字，人们就会明白，痛过之后是晴天，是彩虹，是直抵彼岸的豁然开朗。苦难是一层厚厚的茧，李清照最终破茧而出。她书写经历和感悟，就是想

236

让后人引以为戒，不再痛苦。

如此智慧的女子，经过岁月的洗礼，再也不需要借酒消愁了。李清照最终用无可比拟的心力挣脱了尘世的淤泥。她已是一朵毫尘不染的莲花，用一种洁净的美丽来彰显与世无争。

富贵荣华是一场梦，花容月貌是一场梦，山盟海誓也是一场梦。李清照把往事的片片茶荈浸在杯底，在滚烫的时光里，渐渐煮出了一种淡雅之香。当往事被李清照一一回味时，那些苦涩和甜美，仍旧是一场梦境。人生如梦，要想不被梦境困扰，就要做到不以物喜不以己悲。

低谷启发领悟，绝望唤醒重生。李清照踏着辛酸步步前行，终于明心见性。岁月似瓦片，时光若屋檐。此时，她完成了华丽的转身。她的词风从婉约来到豪放，她的人生从忧伤走向淡泊。岁月把冷冷清清与凄凄惨惨全然沉淀，最终析出了一个恬淡如水、随遇而安的李清照。

扫一扫
● 听朗读音频

归
隐
山
林

悲伤沉沦是对命运的妥协，淡定从容是对坎坷的不屑。

李清照曾经到达繁华之巅，她曾拥有令世人羡慕的一切，但也只有身在高处的人才能真切体会到高处的寒冷。繁华之中多有梦幻，也多有抉择。在抉择面前，大部分人是不会那么勇敢的。在繁华中徘徊良久，听惯了丝竹，看惯了风花，而面对五彩缤纷的繁华，谁又能轻易做到心外无物？

李清照漂洋过海来到杭州，行程充满了曲折和艰辛。但是令人感到奇怪的是，她自从抵达江南之后，开始淡出人们的视野。而关于李清照的卒年，学术界更是莫衷一是。

在一个酷爱诗词的国度，李清照独占鳌头。她是盛世宠儿，是宦门词仙。她的文字不拘一格，既婉约又豪放，既犀

238

利又柔和。即便她已衰老和消沉，但是世界已被惊艳，怎可让她轻易转身？而事实上，晚年的李清照的确是杳无音讯了，难道她真的被人们遗忘了吗？

一个聪慧如兰的人，一个清高自恃的人，在历经磨难之后，承受力会变得强大，视野也会变得宽广。在李清照后来的词句中，已经表露出不易察觉的淡泊宁静。既然有所蜕变，那么在人生暮年，她会选择什么样的生活，会以什么姿态面对时代的变迁呢？

悲伤沉沦是对命运的妥协，淡定从容是对坎坷的不屑。虽身处喧嚣，但有的人不染纤尘。这些人就像泉水，无关谄媚和虚伪，只是随心绽放自己的清澈。当他们厌倦了这尘世的旋涡，就毅然决然地奔赴山水之中。他们面对自然诉说情怀，沐浴清风明月，相守野鹤闲云，超然于物外，享受自由和恬淡。这种人就是隐士。

大宋政局起伏跌宕，纷争遍野。很多人不堪俗尘，纷纷选择归隐。

廉复（994—1084年）是北宋一位著名的隐士。此人步履仕途却看破尘埃，从此卸任宦海。他带领家眷从河南迁至明水，远离了党争和繁华，过着清静无为的生活。廉复儒道兼修，提出了"爱家才能发家，治国必先治家"的处世原则。廉复多年修身养性，在九十岁高龄时仍鹤发童颜。李格非十分敬仰廉复，曾多次拜访他。廉复无疾而终之后，李格非为其作《廉先生序》，盛赞廉复一生清正。

最让文人刻骨铭心的隐士当属东晋山水诗人陶渊明。在陶渊明眼中，名利似浮云。当世人在繁华里用名利满足喜好时，他在山水中用烟雨浣洗心灵。陶渊明文华盖世，用一支妙笔，将仕途的坎坷转化为山水之乐。他的诗风，如同脉脉的涟漪，使整个文人的水面变得轻柔而又灵动。而他的《归去来兮辞》，似古筝中流淌出的禅音，萦绕着高山流水，愉悦着文人的心田。陶渊明这种豁达超然的处世风格，直教文人争相效仿。

李清照血源李格非，师承晁补之，深受两位的影响，自然会有一种隐士情结。这种情结仿佛就是冥冥之中的一个诺言，正在寻找合适的时机兑现。

屏居青州的时光让李清照过了一回隐士的瘾。她用"归来""易安"等词语明其志，仿佛成了陶渊明，从此与山水密不可分了。对李清照来说，隐士的优雅就如同水上的莲花。她曾经以莲花为词牌赞隐士，那首《新荷叶·薄露初零》摇曳着隐士的高洁。

新荷叶·薄露初零

薄露初零，长宵共、永昼分停。

绕水楼台，高耸万丈蓬瀛。

芝兰为寿，相辉映、簪笏盈庭。

花柔玉净，捧觞别有娉婷。

鹤瘦松青，精神与、秋月争明。
德行文章，素驰日下声名。
东山高蹈，虽卿相、不足为荣。
安石须起，要苏天下苍生。

这首词是李清照为好友朱敦儒祝寿而作。朱敦儒（1081—1159年）也是一位不愿屈身于仕途的高雅之士。他不卑不亢，与世无争，得到了李清照"精神与秋月争明"的美誉。但是，李清照词中提到了谢安。谢安（320—385年），字安石，是东晋著名的隐士。这位青年才俊极具个性。早年的他纵情山水，屡诏不仕。后来为了平定乱世而出任朝廷要职，此后选择急流勇退，表现出非凡的智慧。

虽然对隐士心怀赞誉，但是李清照认为，一个拥有大爱的人，应该是心怀苍生、积极入世的。所以，她以"安石须起，要苏天下苍生"一句收尾，呼唤英雄现世，以利天下。

是在山水中独享逍遥，还是在尘世中死而后已？是出世还是入世，是去还是留？一边是山水之乐，一边是众生之苦，曾让她一度陷入纠结。人若是心有所牵，便做不到去留无意。

苏天下苍生虽是李清照的夙愿宏志，但金兵的嚣张跋扈与大宋的苟安求和令她伤心欲绝。李清照聪慧，预感到大宋气数不久，她这一代将很难见到国土中兴了。虽有鸿鹄之志，但是面对残缺的江山，一个女子也无可奈何。乾坤貌似已定，而且李清照已是夕阳在山。在人生暮年，她必须要为身后之事做打算了。

既然不能大隐隐于市，姑且小隐隐于山吧。李清照最终选择了归隐山林，消失在人们的视野中。

那个世外桃源一定有蓊郁的山林，也有清澈的湖水。那里水波清清，云霞滚滚，黄蝶飞舞在云端，锦鲤滑翔在水中，雨中沉浸树影，风中弥漫花颜。李清照就在那里，只读山水，不读世事。

隐居是她最终的归宿，也是她修行的端倪。所以，她并非如同人们想象的那般孤独悲惨，而是以山水为邻，以清修为伴。她要获得真正的自由，那便是道法自然，清静无为。有秀丽的山水和天然的饮食，生活和修行在那里的李清照应会长寿。她一身素衣，沐浴在檀香环绕之中。她的身影，在空灵的经文和醉人的香气里安住无扰。

日月交替，水波沉浮，该走的一定会走，该来的总会到来。不管是赢得虚名在世间，还是流落江湖成白首，都将随同时光一起飞逝。那些曾经的苦涩与执着，忧愁与恋歌，还有已经讲完或是没有结局的故事，都只是在岁月的水面徒增波纹，有影无痕。而心若能如同平静的水面，从此也无风雨也无晴，也就不会辗转于痛了。

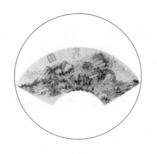

扫一扫
● 听朗读音频

诗和烟雨

烟雨下凡是为了浣洗晴天，山水中飘逸而又惬意的，是上天从容挥洒雨的笔尖，呈现一片烟雨，写下几行诗言。

人们奔波在求索的路上，为了证实一句承诺，或为了寻觅相遇的缘由。然而最终发现，在苍茫的凡尘中，能与清静为伴是一件莫大的幸事。

李清照来自泉水之乡，而她的余生是在江南度过的。江南是烟雨的故乡，她踏泉水而来，携烟雨而归，所以她的人生注定是清澈而又唯美的。李清照是误入尘网的仙子，她一路吟风颂月，竟能让时光为之动容。原来，李清照的使命就是要做一位诗词领路人。

"诗"和"词"这两个字都是左右结构。诗，左"言"

右"寺"；词，左"言"右"司"。"言"指言辞，而"寺"和"司"指清修之地。所以，诗词以心灵的高洁为底蕴，心似明镜方能口吐莲花。那些以文章行天下的豪杰，几乎都是修身养性的君子。诗词代表境界，文人懂得借风景抒情，更讲究以诗词鉴心。

有了诗词，这个世界变得更有温情，更加美丽。而大自然中有一首诗，是专门赋予江南的，那便是烟雨。烟雨，最能体现江南的精致。烟轻轻山色朦胧，雨柔柔水面细碎。每一缕云烟都蕴含了一抹思念，每一丝细雨都融入了一曲歌谣。

烟雨下凡是为了浣洗晴天，山水中飘逸而又惬意的，是上天从容挥洒雨的笔尖，呈现一片烟雨，写下几行诗言。

清风拂过山水，烟雨究竟陶醉了谁？又是谁把文字变为曼妙的烟雨？人与自然可以成就传奇，诗和烟雨亦能诉说故事。烟雨是水中月，虽无法打捞，却可以醉心；烟雨是雾中花，虽无法看清，却同样弥香。人生需要烟雨，心灵需要诗韵。

李清照走过无数风景，而这些风景，使她爱上了沉静，爱上了聆听，爱上了一叶随遇而安的浮萍。少年的她只是欣赏风景，而晚年的她选择融入自然。归隐山水之后，她静静地清修，在淡淡的时光里品几盏茶，燃几炷香，写几行字。

虽然半世如若浮萍，但是李清照用智慧换取了一世的丽影。她的词风达到了婉约的极致，受到后人的膜拜与推崇。她的易安体一直被后人效仿，并成就了辛弃疾、张可久等著名诗人。

人们爱慕她"绣面芙蓉一笑开",珍视她"枕上诗书闲处好",叹息她"寻寻觅觅,冷冷清清",同情她"人比黄花瘦",怜悯她"风住尘香花已尽"。虽然她曾经在"雨疏风骤,绿肥红瘦"里纠结,但是她拥有"生当作人杰,死亦为鬼雄"的气魄,也有"九万里风鹏正举"的洒脱。当人们的忧伤"才下眉头却上心头"时,李清照的"疏帘淡月好黄昏"可以让心扉通透明亮、淡泊清宁。她所有的诗句已化作烟雨,润泽着人们的喜和悲。

这些优美的文字,穿越了无数个日夜,来到你我身边。多少有情人,在花前月下,在亭中琴边,倾听李清照的心灵故事。当人们吟诵她的诗词时,便会感受到那年的悲伤喜悦和宋朝独有的绝代才情。她诗句里的芬芳,即便是飘过了千年,韵味仍丝毫未减。这些充满灵性的诗篇,与人们一起重温那年的青涩并回忆当时的美好,让人们贴近这位语言大师的心灵。

黄昏唤醒明月,烟雨洗净晴空。岁月,见证了这位千古才女在沉浮中走向安然,在困惑中走向超逸。在词和烟雨中,她留下了动人的丽影,娟妍了宋朝岁月。烟雨如画,岁月如歌,李清照的诗语、心扉和蜕变,一直让人们在路上陶醉与畅想。

若李清照羽化成蝶,不知是否还会追寻往日的歌声,是否还会记起曾经的容颜。笑泪已成往事,悲欢已成前尘,尘埃落定之后，也许一切都会成为遥远的传说，也许一切都尽在不言之中。只愿李清照永世清欢，安然无恙。

扫码获取

音频 | 花絮 | 诗词 | 生平
带你结识一代才女李清照

后 记

本书不过是文字沙漠中的一串驼铃，想不到有人在用心聆听。有些读者发来邮件说，从本书的众多新颖观点中看到了一个不一样的李清照，这种感觉很棒。

哪怕生而平凡，哪怕绿意清淡，只要用心去做一件事，这件事就能发光。纵然是微弱的，也会生出楚楚动人的希望。既然在文字里穿行了这么久，那就继续吧，只为在回忆的天空里留有一片湛蓝。

与文字相伴，就是遇见你。

（笔者邮箱：zhanghangming614@163.com）

音频丨花絮丨诗词丨生平
带你结识一代才女李清照

图书在版编目（CIP）数据

不为人知的李清照 / 张晋阁著 . -- 呼和浩特：远
方出版社 , 2019.9（2021.9 重印）
ISBN 978-7-5555-1262-2

Ⅰ.①不… Ⅱ.①张… Ⅲ.①李清照（1084- 约
1151）—宋词—诗歌欣赏②李清照（1084- 约 1151）—传记
Ⅳ.① I207.23 ② K825.6

中国版本图书馆 CIP 数据核字（2019）第 198217 号

不为人知的李清照
BU WEIRENZHI DE LI QINGZHAO

著　　者	张晋阁
策划编辑	胡丽娟　蔺　洁
责任编辑	蔺　洁　王　福　刘向武
责任校对	蔺　洁
封面设计	高月雅
版式设计	王改英
出版发行	远方出版社
社　　址	呼和浩特市乌兰察布东路666号　邮编　010010
电　　话	（0471）2236473 总编室　2236460 发行部
经　　销	新华书店
印　　刷	内蒙古爱信达教育印务有限责任公司
开　　本	145mm×210mm　1/32
字　　数	155千
印　　张	8
版　　次	2019年9月第1版
印　　次	2021年9月第3次印刷
标准书号	ISBN 978-7-5555-1262-2
定　　价	29.80元

如发现印装质量问题，请与出版社联系调换